www.tredition.de

AF177530

Geschichten aus dem Tintenfass

Erzählungen für brave Leser
von Andreas Hoffmann

Geschichten aus dem Tintenfass
© 2021 Andreas Hoffmann
Alle Rechte vorbehalten
2. Auflage 2022
Covergrafik: Nina Otto
www.autor-andreas-hoffmann.de

Verlag & Druck: tredition GmbH, Halenreie 40-44, 22359 Hamburg

ISBN
Paperback   978-3-347-38914-4
Hardcover   978-3-347-38915-1
e-Book   978-3-347-38916-8

Prolog

Plötzlich stand es vor mir auf dem Schreibtisch. Das alte, fleckige Tintenglas, verlangte nicht mehr vergessen zu sein, schaute mich stolz an, verhandelte:

„Wirf mich nicht weg, Du wirst es nicht bereuen." Ich erfüllte seinen Wunsch, und ab dem Zeitpunkt wurde alles anders.

Es spielte wundersame Trümpfe aus, schenkte mir Geschichten, alte, neue, einheimische, fremde, traurige, fröhliche, tiefsinnige und belanglose.

Mit jeder Erzählung begann ein verschwundenes Land zurückzukehren, breitete sich im Kopf aus, floss durch die Feder direkt auf das Papier. Die Geschichten wechselten einander ab wie es Jahreszeiten gefällt, nur meine Prognose war im Voraus nicht möglich. Unerwartet fegte ein Sturm mitten hinein in die Gedanken, dann verschwanden alle Wolken, und Sonne brachte das Gras zum Schwitzen.

Es war genug, eine Pause wurde nötig.

Das Tintenglas blieb auf seinem Platz und manchmal fühlte ich mich beobachtet. Dann redeten wir miteinander:

„Gedulde dich, das Schreiben geht bald weiter." Ja, es hörte auf mich.

Der große Nikolas

Professor Gummeltwist öffnete das Fenster, streckte sich davor ausgiebig, beobachtete im Nachbargarten einen Grünspecht, kehrte zurück ins frisch gelüftete Zimmer, griff erneut nach dem Füllhalter.

Seine Gedanken kamen trotzdem nicht so recht in Bewegung. Und das bei dem Kapitel über Rudolf Ditzen, der sich später Hans Fallada nannte, und dessen Zeit als Gymnasiast in Rudolstadt! Eigentlich schreibt Professor Gummeltwist über die Suizidalität in der Literatur vor 1914, benötigt passende Biografien dafür.

Nervös drehte er an seinem Ehering.

Drehen am Ehering hatte sich in fünfundvierzig Ehejahren als Gedankenfluss fördernde Methode bewährt.

„Es muss werden! Es muss!"

Er hustete und wischte sich in den Augen, seufzte, fuhr mit der rechten Hand über das leere Papier, schaute nach dem Tintenfass auf seinem Schreibtisch, als würde aus dem bauchigen Glas dunkelblau Hilfe emporsteigen.

Professor Gummeltwist hatte Prinzipien.

„Das lasse ich mir nicht nehmen, ich schreibe mit Füller." Er hustete und drehte ein zweites Mal am Ring.

„Es ist zu spät, mein Kopf benötigt Ruhe, mehr Bewegung, mehr frische Luft." Professor Gummelwist schüttelte seinen Kopf, dachte an einen Spaziergang, hustete ein weiteres Mal, schob mit der linken Hand das leere Blatt Papier zur Seite und beschloss, für heute die Arbeit am Buch zu beenden.

Am nächsten Tag, gerade als er sich ausgiebig streckte, kamen Erinnerungen an seine Zeit im Yogakurs. Der Professor öffnete das Fenster, glaubte zu spüren, wie sofort die Gedanken in Bewegung kamen:

„Es muss werden! Es muss!"

Schon floss ein Satz aus seinem Füller, ein Satz mit zwanzig Kommas, der kein

Ende nahm. Professor Gummeltwist erschrak beim einundzwanzigsten Komma:

„Vielleicht ist es das falsche Thema?"

Er schüttelte seinen Kopf, hüstelte verlegen.

„Noch nie habe ich in den vielen Jahren meiner Professur das falsche Thema bearbeitet. Das letzte Buch über Objektivität gelangte in die Top Ten der wissenschaftlichen Belletristik. Dafür hatte ich ein ganzes Tintenfass leergeschrieben."

In kreativen Zeiten drehte er oft am Ehering, lüftete mehrmals am Tag das Zimmer, aß fast ausschließlich Rohkost und trank den von seiner Frau selbstgepflückten und mit Liebe aufgebrühten Tee.

Bei seinem neuen Buch waren bisher hundertsiebenundvierzig Seiten zusammengekommen, das Tintenfass zum Drittel geleert.

„Es muss werden! Es muss!"

Der viel zu lange Satz wurde kurz vor dem zweiundzwanzigsten Komma abgebrochen.

Das dritte Drehen am Ehering sorgte zumindest für Ideenfluss: Hatte nicht ein kluger Mensch irgendwann vorgeschlagen, man solle von Zeit zu

Zeit das kindliche Element im Leben aktivieren? Eine regelmäßige Portion Unschuld schmiert den Geist.

Er zog die Schultern nach vorn und sprach zu sich selbst:

„Ich verschwinde jetzt aus dieser Studierstube ins Kinderzimmer und gönne mir eine Pause von mehreren Tagen."

Dabei schaute er sich vorsichtig in der Wohnung um, wollte nicht, dass seine Frau von diesem Plan etwas mitbekommt. Dann trank er als Liebesbeweis eine Tasse Kräutertee von ihr, diesmal in der Zusammenstellung von Linde, Brombeere, Himbeere, Pfefferminze, Holunder und Mädesüß. Professor Gummeltwist beobachtete erneut nachdenklich sein bauchiges Tintenfass und dachte dabei:

„Am Anfang war die Erde wüst und leer, doch es gab Tinte und einen passenden Füllhalter. Der erste nackte Mensch konnte Beides nutzen. Und aus den Neandertalerklecksen entwickelten sich lesbare Buchstaben."

Plötzlich glaubte er, einen dunkelblauen Buben mit Kräuselhaaren aus dem Glas heraushuschen zu sehen. Professor Gummeltwist juchzte:

„Aha, ich beginne die Welt mit der Phantasie eines Kindes zu betrachten! Hervorragend! Das ist der richtige Zeitpunkt, um Kinderliteratur wiederzuentdecken. Genau!"

Sofort lief er auf den Dachboden, wo eine Kiste mit Kinderbüchern stand. „Ich greife da jetzt hin- ein, und das Schicksal wird entscheiden." So geschah es, und das Schicksal entschied sich für

„Geschichten vom Struwwelpeter", aufgeschrieben von Heinrich Hoffmann.

„Genau das richtige Buch!"

Professor Gummeltwist schlug eine Seite auf und landete bei der Geschichte von den „Schwarzen Buben".

„Ach ja, das sind die richtigen Geschichten", sprach er vergnügt.

Und er las die Strophe, die ihm sein Schicksal spontan vor Augen führte:

„... bis übern Kopf ins Tintenfass, taucht sie der große Nikolas." Sein Blick fiel wieder auf das Tintenfass auf seinem Schreibtisch.

„Am Anfang war das Tintenglas", sprach der Mann und spürte große Müdigkeit. Sein

Blick auf die Uhr verriet ihm: es ist für Kinder zu spät.

„Aha, genau die richtige Zeit, ins Bett zu gehen."

Seiner Frau, die erst gegen zweiundzwanzig Uhr von der Arbeit nach Hause kommen sollte, schrieb er einen Zettel:

„Ich schlafe bereits."

Und Professor Gummeltwist schlief so schnell ein, wie es nur ein artiges Kind tat, das nicht in die Hände und ins Tintenfass des großen Niklas geraten möchte.

Er träumte von einem schwarzen Buben, der in der Schule verspottet wurde. Drei Klassenkameraden waren frech und brutal, Professor Gummeltwist bekam richtig Wut im Schlaf. Er musste in dieser Nacht laute Selbstgespräche geführt haben, denn seine Frau war in den Nachbarraum ausgezogen.

Noch beim Aufwachen am Morgen spürte er Aufregung.

„Du hast auf mich eingeboxt, dass ich in den Nachbarraum bin", bestätigte Frau Gummeltwist. Zum Glück sah man keine Blessur in ihrem Gesicht. Der Professor zuckte unschuldig mit den Schultern.

„Deshalb benötige ich heute Ruhe und Entspannung. Ich werde durch den Wald springen und Hasen aufscheuchen."

„Was willst du machen?"

„Irgendetwas Anderes, Verrücktes, etwas, was Kinder gern tun."

„Aha!"

Langsam scheint er mir überstudiert, dachte sie besorgt.

Professor Gummeltwist trank zum Frühstück Kakao und aß ein Pflaumenmusbrot.

„Heute lege ich eine Pause ein, weil mir das guttut."

Dabei zog er Jacke und Schuhe an, verließ zufrieden lächelnd die Wohnung.

Er beobachtete den Grünspecht im Nachbargarten, pflückte eine Birne, ließ deren Saft beim Reinbeißen links und rechts aus den Mundwinkeln laufen.

Anschließend rannte er in den nahegelegenen Wald, verzichtete aber auf das Hasenaufscheuchen und Springen, denn das ungewohnte Rennen brachte ihn an körperliche Grenzen. Die spürbare Erschöpfung sorgte für ein Glücksgefühl.

„Ach ist das herrlich, unbekümmert durch die Natur zu laufen."

Heute sprudelten die Ideen in seinem Kopf. Als Erstes ergriff er einen Stock und fuchtelte mit diesem wild in der Luft herum.

„Ich bin ein Ritter! Wo bist du, schöne Prinzessin?" Außer einem Eichelhäher, der mit krächzender Stimme von oben herab warnte, reagierte niemand. So konnte der Ritter ungestört seine Prinzessin befreien. Nur musste die Schöne sofort die Flucht ergriffen haben, denn zu sehen war sie nicht. Dann balancierte er gewagt über einen Baumstamm, stellte sich auf eine Wurzel, um der Welt eine Rede zu halten, klopfte an alle möglichen Hölzer, komponierte neue Tonreihen. Um die dicke, im Weg stehende Buche spielte er allein Verstecken, legte sich anschließend zufrieden ins Moos, hatte aber Mühe, wieder aufzustehen. Die alten Knochen knarzten gar nicht so kindlich.

„Herrlich! Genau die richtigen Ideen!" Der Eichelhäher warnte wiederholt.

Nach seiner Waldtour verspürte er das Verlangen, an einer Grundschule vorbeizulaufen, dachte dabei an das Gebäude in der Nachbarschaft.

Das Schicksal wollte, dass dort die große Pause begann.

Er erkannte auf dem Pausenhof sofort Gruppenspiele aus seiner Kinderzeit.

„Sie spielen Fangens und Verstecken. Das ist hervorragend."

Doch eine andere Beobachtung störte das unschuldige Bild: Wilhelm, der Junge von nebenan, schlug mit einem Gegenstand auf einen schwarzen Jungen mit Kräuselhaaren ein und machte sich lustig, dass dieser weinte.

Professor Gummeltwist war entsetzt, wollte dem schwarzen Buben zu Hilfe eilen.

„Das sind nicht die richtigen Spiele!"

Doch die pädagogisch stoppende Hand einer Lehrerin verwies ihn des Platzes. Kopfschüttelnd entfernte er sich, lief nach Hause, konnte das Gesehene nicht aus seinen Gedanken verbannen.

„Dieser Wilhelm, dieser Raufbold! Das ist genauso wie in der Geschichte von den schwarzen Buben."

Seiner Frau erzählte der Professor von der Schulhofbeobachtung, zog sich anschließend ins Schlafzimmer zurück, um mit Hilfe von Mittagsschlafträumen das Erlebnis noch einmal zu ordnen.

Erst am späten Nachmittag, nach einer weiteren Tasse Kakao, fragte er seine Frau, ob sie das alte Tierratespiel mitmachen würde. Als sie irritiert den Kopf schüttelte, gab er nach und beide entschieden sich für Mensch-Ärgere-Dich-nicht.

Am nächsten Vormittag berichtete Frau Gummeltwist ihrem Mann, dass sie die Mutter von Wilhelm getroffen hätte, und diese habe ihr von unerklärlichen Tintenklecksen im Gesicht sowie auf dem Schlafanzug des Jungen berichtet. Entdeckt hatte sie die Kleckserei am Morgen. Ihr sei jedoch völlig unklar gewesen, wie das habe passieren können.

Der Professor reagierte mit einem hinterhältigen Grinsen:

„Alles wie in der Geschichte. Da war der große Nikolas am Werk." Danach begann er seinen nächsten kindlichen Spaziergang, beobachtete den Grünspecht in Nachbars Garten, balancierte auf Baumstämmen, suchte sich einen Stock und verkündete laut rufend in den Wald: „Ich bin ein Räuber, ein Gerechter, der Rächer der Armen." Rief so laut, dass ein verunsicherter Eichelhäher die restliche Welt alarmierte. Professor Gummeltwist hüpfte Kreuz und quer, manchmal sogar auf einem Bein, was ihm dann doch zu gewagt erschien, verjagte einen Hasen, spielte allein Verstecken um eine Buche:

„Eins zwei drei, versteck dich. Ich komme ..."

Nachdem alle Verstecke aufgestöbert waren, spazierte er zurück zur Stadt, entschied, wieder auf dem Pausenhof der Grundschule in der Nachbarschaft die Kinder zu beobachten. Schließlich musste jemand auf alle schwarzen, grünen, roten Buben aufpassen. Diesmal ging es bereits auf das Ende der Pause zu. Was er aber sah, entsetzte ihn erneut. Anstatt Hüpfekästchen, Verstecken oder Fangen zu spielen, drangsalierten drei höhnisch lachende Jungen einen kleineren Buben mit grüner Jacke, schubsten ihn in ihrer Mitte von einer Seite auf die andere: Beteiligt war wieder dieser Wilhelm, dann noch ein Junge namens Friedrich, und einer hieß Paul. Alle drei wohnten in der Nachbarschaft.

Diesmal ist also der grüne Bube das Opfer! Das sind die falschen Spiele!

Aber der große Nikolas kennt auch farbige Tinte, dachte Professor Gummeltwist, vergaß das Kind im Manne, sprang auf den Schulhof, ignorierte die stoppende Pädagogik der Lehrerin, lief so energisch auf die prügelnden Kinder zu, dass

Friedrich, Paul und Wilhelm erschraken, ihre Köpfe einzogen, dann schnell ins Schulgebäudverschwanden.

Professor Gummeltwist fuchtelte mit den Händen, fühlte sich in diesem Moment als Ritter. Oder war er doch der Räuber, jener Rächer der Armen und Bedrängten?

Als Lohn bekam er nicht die schöne Prinzessin, sondern eine aufgeregt schimpfende Lehrerin:

„Sie können nicht einfach die Schulhofordnung verletzen."

„Und ich kann sie wegen Vernachlässigung der Aufsichtspflicht anzeigen", konterte der Professor.

Die aufgeregte Lehrerin wurde hochrot im Gesicht und Gummeltwist auch. Oder war es mehr so eine Art Tintenblau?

Der Mann ließ die rot eingefärbte Lehrerin wortlos stehen, um hinter die Ereignisse einen Schlusspunkt zu setzen.

„Das mit dem Kindsein ist nicht so einfach."

Am Abend beschloss er, diese Phase zu beenden, denn die Sache mit der Unschuld funktionierte nicht richtig.

„Was für eine Farbe hat die Unschuld? Kann man mit ihr klecksen? Wenn sie weiß ist, macht es keinen Sinn, denn weiße Tinte gibt es nicht." Seine Aufmerksamkeit ging wieder zum wie immer tiefblau gefüllten Tintenglas auf dem Schreibtisch.

Es schien zu warten, dass er endlich mit der Schreiberei fortfuhr.

Der Mann kratzte sich am Kopf, drehte den goldenen Ehering, überlegte.

„Eigentlich würde ich gern noch mal mit farbiger Tinte zaubern, dem grünen Buben zuliebe."

Sein Blick hatte etwas Entschiedenes und das Tintenglas leerte sich soeben. Professor Gummeltwists Augen funkelten rot, gelb, blau, doch er konnte es nicht sehen.

„Morgen wird weitergeschrieben. Vielleicht eine Yogaübung zuvor, aber dann geht es los. Mein Tintenglas ist schon nervös."

Auch diesmal legte er sich zur Überraschung seiner Frau zeitig ins Bett, schlief rasch ein, durchlebte einen unruhigen Traum, ohne sich später zu erinnern. Am Morgen schmerzten alle Muskeln, als wären sie die ganze Nacht durch Yogaübungen gefordert worden.

Seine Frau war einkaufen, brachte heute die Brötchen und alle Neuigkeiten aus der Nachbarschaft mit.

„Gummeltwist, Du glaubst es nicht, in unserer Stadt ist was los. Zuerst traf ich die Mutter von Wilhelm, die heute kurz vor einem Nervenzusammenbruch stand. Der Bub ist über und über mit roten Tintenklecksen aufgewacht.

Dazu kam der Vater von Friedrich und schimpfte, dass der Junge voller gelber Tintenflecke aufgestanden sei. Schließlich kam, ebenfalls wütend und erregt, der Opa von Paul. Denn Paul war blau bekleckst."

Der Professor grinste hintersinnig, brummte nur:

„So, so. Hat der große Nikolas wieder sein Unwesen getrieben."

„Alle aufgebrachten Eltern und Großeltern fordern ein Gespräch in der Schule, sogar mit Beteiligung der Polizei. Sie deuten diese Kleckserei als Protestaktion ihrer Kinder und vermuten einen negativen fremden Einfluss."

„Vielleicht liegt es am Fernsehprogramm." Seine Frau schüttelte den Kopf:

„Das sind alles Eltern, die das richtige Fernsehprogramm einstellen."

Frau Gummeltwist war so aufgeregt, als wäre sie selbst betroffen. Sie hatte sogar rote Flecken im Gesicht. Noch am Nachmittag besuchte sie die Mutter von Wilhelm. Da hatte das Gespräch im Beisein der drei Schüler, der Klassenlehrer, Eltern, Großeltern und eines Kriminalbeamten stattgefunden.

Die Jungen wurden einzeln verhört, ihre Erzählungen glichen sich trotzdem fast wörtlich:

Erst kam die große unerklärliche Müdigkeit. Dann, vor dem Einschlafen, erschien eine riesige Gestalt, gehüllt in einen glänzenden blauen Mantel, so eine Art Morgenmantel, seltsamerweise mit Sternen darauf. Das Gesicht des Mannes konnten sie, obwohl bekannt, nicht beschreiben. Sie fühlten sich in die Höhe gehoben, ihnen wurde schwarz, blau, rot, gelb vor den Augen.

Alle Gesprächsteilnehmer blieben ratlos, da Tinte in ihrem Haushalt keine Rolle mehr spielte. Professor Gummeltwist rezitierte während des Berichtes seiner Frau laut lachend: „Da kam der große Nikolas und steckte sie alle ins Tintenfass."

„Wie?", fragte seine Frau, ohne die Sache zu verstehen. „Na, wie im Buch vom Struwwelpeter die Geschichte von den schwarzen Buben." Sie betrachtete ihren Mann misstrauisch.

„Gummeltwist, wie kommst du auf den Struwwelpeter?"

„Ich habe die Geschichte erst gestern, vorgestern und vorvorgestern gelesen." Ihr war die Überraschung, mit etwas Phantasie betrachtet, blau ins Gesicht gezeichnet.

„Wie, ich denke, du beschäftigst dich mit Suizidalität in der Literatur vor 1914, Hans Fallada und so. Doch nicht mit Struwwelpeter? Oder gibt es neue Erkenntnisse?" Professor Gummeltwist winkte ab:

„Schon gut, ab heute arbeite ich wieder ernsthaft. Jeder Mensch, selbst ein Professor, braucht mal eine Pause, in der er über Schuld und Unschuld nachdenkt."

Dann verabschiedete er sich zum Schreibtisch, tauchte den Füller in das Tintenglas und schrieb an seiner unterbrochenen wissenschaftlichen Arbeit weiter.

Kopflos

Franz Wilhelm war wütend.

Franz Wilhelm lief allein den Weg von der Schule nach Hause ins Dorf. Er nannte das Dorf heute ein „Scheiß-Kaff", dachte sich: „Da wohnen nur Idioten" und trat vor den Zaun des ersten Hauses. Ein Hund bellte vom Grundstück des dritten Hauses. Dem Tier schäumte die Wut aus dem Maul. Der Junge trat noch kräftiger an den Zaun des dritten Hauses, und die Wut des Hundes überschlug sich. Am Fenster erschien ein alarmiertes Frauengesicht. Franz-Wilhelm lief spöttisch grinsend weiter, dachte an den Streit mit dem Mathelehrer. Der hatte zum Abschluss des Unterrichts, tief durchgeatmet, dann das Programm auf seinem Laptop mit einem Knall beendet, war dabei bedrohlich rot im Gesicht.

„Du besuchst die achte Klasse des Gymnasiums, zeigst aber keinerlei Ehrgeiz für den Unterrichtsstoff."

Der Lehrer hatte gegen Luftnot und seinen Bluthochdruck zu kämpfen.

„Überlege, ob Du an der Schule bleiben möchtest. Wir vertreten einen gewissen Anspruch. Du, Franz-Wilhelm, erfüllst ihn nicht." Den Schulbus hatte der Junge heute bewusst verpasst.

„Ich hätte auch mit dem Moped fahren können. Aber das ist kaputt, genauso wie dieser Lehrer, die ganze Schule, das Kaff hier."

Die Fortsetzung seiner Unzufriedenheit bekam auf dem Heimweg ein verträumter Schüler aus der Grundschule zu spüren, als ihm Franz-Wilhelm überfallartig den Rucksack wegnahm und diesen gegen eine Hauswand schleuderte.

Dem Grundschüler kamen die Tränen, doch wen störte das schon.

Zu Hause war er allein, Lust zum Reparieren des Mopeds hatte er nicht, dafür aber eine Flasche Obstler zu leeren, selbstgebrannter Pflaumenschnaps vom Vater. Dessen Obstler wurde gelobt, gern getrunken, denn den liebten alle.

„Es wird Zeit, dass in dem Kaff etwas passiert", dachte Franz-Wilhelm.

„Ich halte es hier nicht länger aus, muss weg, weg, weg."

Heute blieb ihm nur die Flucht zum versteckten Lieblingstreff mit seinen Freunden. Der lag zugewachsen oben auf dem Hügel, in der Nähe des Friedhofes.

Eine Reihe von Bäumen und Sträuchern boten höhlenartig Schutz vor neugierigen Blicken und für die letzten liegengebliebenen Steine eines längst abgerissenen Hauses.

Der Junge lief den Hügel hinauf, setzte sich wie gewohnt auf einen der Steine, bespuckte dreimal den Boden. Er schäumte vor Ärger, wollte schreien oder bellen wie der Hund bei Haus Nummer drei. Die Kälte stieg in seinen Körper. Septemberkälte. Ihm wurde schwindlig.

Vielleicht war es doch zu viel ungewohnter Obstler? Egal! Franz Wilhelm spürte Bauch- und Kopfschmerzen und wollte sterben. Dazu gab es aber den Friedhof. Mit Vaters Obstler im Bauch ließ es sich dort bestimmt gut sterben.

Er stand auf, schwankte zum eisernen Tor des Friedhofs, hielt sich daran fest, überschaute erst einmal das Gelände.

„Alles Tote aus diesem Scheiß-Kaff!"

Das Tor war nur angelehnt, so konnte er den Friedhof betreten.

Dessen Mitte bildete die Dorfkirche, an deren Außenmauer figurenreich die wertvollsten Grabsteine ihren Platz hatten: Engel, weinende Frauen, trauernde Knaben, Schalen und Urnen.

„Alles Revanchisten", grunzte Franz-Wilhelm, spürte kurz heftigen Urindruck, dem er an der Friedhofsmauer nachgab.

„Ich muss pinkeln, glotzt nicht so!"

Als er sich wieder den Gräbern zuwandte, fiel ihm eine jugendliche, steinern trauernde Frauengestalt, direkt an der Kirchenmauer stehend, auf. Die Frau schien nicht tot, stützte sich nachdenklich auf ein Kreuz.

Franz-Wilhelm ließ die Figur nicht aus den Augen, bewegte sich langsam und unsicher auf sie zu. Sie gefiel ihm, und er glaubte, ihre Lebenswünsche zu erahnen.

Vielleicht wollte sie reisen, nur weg von hier. Aber das ging nicht, nicht als Frau. Ihr langes Kleid, mit den vielen Falten – das war elegant. Bestimmt schenkte es ihr ein Geliebter. Für den hatte sie die blonden Haare geflochten. Ganz sicher waren sie blond.

Und die Frau war die Maienkönigin im Kaff. Nur die vielen unbeweglichen Jahre auf dem Friedhof ließen sie ergrauen.

Bestimmt hatte sie kein Geld für den Arzt. Deshalb musste sie so jung sterben. Hätte ihr der Geliebte nur das Arztgeld gegeben.

„Sie ist so schön. Sie kann nichts für den Irrtum der Welt. Sie nicht", brummte er. Und seine Gedanken bekamen jetzt etwas Versöhnliches.

Ja, die Figur ist nicht aus Stein. Sie schläft. Ich muss sie nur küssen. Sie will geweckt und geliebt werden. Die Arme wurde verkleidet und an die Kirchenwand gefesselt. Jetzt spürte er Mitleid, und als die Bauchschmerzen sich wieder stärker zurückmelden, kippt die Stimmung.

Eventuell ist aber auch alles Lüge! Will sie mich täuschen? Auf die Tränendrüse drücken? Diese falsche Schlange!

Er pfiff die Luft durch die Zähne, der Bauch bellte, im Kopf begann sich eine Sirene in Gang zu setzen, Melancholie war nicht angesagt:

„He, Frau, schau mich an! Du verarschst mich." Die Sirene löste Schwindel aus. Franz-Wilhelm schwankte so bedrohlich, dass sich alle Grabstei- ne um ihn herum abduckten, schnell in Sicher- heit brachten. An einem, der das Abducken nicht rechtzeitig schaffte, konnte er sich gerade noch festhalten.

„Alles Lüge! Frau, und du weisst es. Auch du würdest mich verlassen, in den Hintern treten und lachen. Scheinheilig. Scheinheilig ist hier jeder Stein."

Franz-Wilhelm fühlte, dass Friedhof und Kirche an seinen Bauchschmerzen schuld waren.

Ein abgeduckter Grabstein bekam einen Tritt, genauso kräftig wie der Zaun bei Haus Nummer drei. Der Grabstein wehrte sich, trat ihm gefühlt in den Bauch. Franz-Wilhelm, so grau im Gesicht wie die steinernen Figuren an der Kirchenmauer, musste sich übergeben.

Mit dem rechten Handrücken wischte er anschließend den ausgespuckten Moder vom Mund.

„Friedhof, Kirche, ha, es wird Zeit, dass etwas passiert!"

Die schöne trauernde Frau schien sich in seiner Nähe stärker an das Kreuz zu klammern.

„Alles Lüge! In diesem Kaff gibt es keine Heiligen, nur Gespenster, die unter einer Decke stecken."

Seine Wut ließ sich nicht mehr besänftigen, gab Franz-Wilhelm einen Stein in die Hand, krächzte: „Tu es! Räche dich!"

Und er tat es und rächte sich, warf den Stein gegen den Kopf der Frau. Aus ihrem schlanken Hals schienen blaue Adern hervorzutreten, dünne Linien, aus denen Risse wurden. Sogar ihre geflochtene Frisur fiel wie ein Kranz vom Kopf. Kein Sieg war ihr gegönnt.

Der Junge überspielte einen Schreckmoment. Dass er das nicht wollte, stimmte nicht. Seine Wut feuerte ihn weiter an.

Franz-Wilhelm griff sich denselben Stein, der inzwischen zurück vor seine Füße gerollt war. Ein zweites Mal schleuderte er ihn gegen den Kopf der Figur. Doch anstatt sie ihm endlich alles erklärte oder eine Entschuldigung aussprach, zeigten sich im Gesicht Blessuren, Narben, die aber nicht bluteten.

Wieder rollte der Stein vor seine Füße. Franz-Wilhelms Wut griff erneut danach, schleuderte ihn ein drittes Mal gegen den schon gezeichneten Kopf, der sich nun langsam vom Hals löste, herunterfiel und in viele kleine Splitter zerbrach.

Der Junge schwankte, fing an zu frieren. Diesmal rollte der Stein nicht zurück. Wo war seine Wut hin? Ließ ihn ausgerechnet jetzt allein.

Wo war ihr schönes Gesicht, der schlanke Hals, die geflochtene Frisur? Ihr langes Kleid warf Schatten, hatte etwas Gespenstisches. Die Übelkeit in seinem Bauch nahm zu.

Ihn überkam plötzlich das Bedürfnis, etwas wieder gutzumachen. Er suchte abgesplitterte Teile des Gesichtes, aber sie zerfielen zwischen seinen Fingern zu Staub.

„Zu spät", krächzte die Wut, „zerstöre sie. Tu es!" Doch diesmal tat er es nicht. Er übergab sich erneut. Danach kamen ihm die Tränen. Sie brannten erbarmungslos in seinem Gesicht, so dass er glaubte, dieses breche ebenfalls gleich auseinander.

Um ihn herum sah er nur die abgeduckten, ängstlich wartenden Grabsteine. An denen konnte er sich nicht einmal mehr festhalten. Sie standen zusammen, hatten sich scheinbar gegen ihn verbündet.

Er wollte sterben, hoffte, dass sein Gesicht auch endlich zerbrach, doch der Friedhof ließ ihn nicht los. Franz-Wilhelm fühlte sich in einem Labyrinth gefangen, aus dem er nicht mehr herauskam. Was war jetzt alles möglich!

Franz-Wilhelm hatte Angst, wusste anschließend nicht mehr, wie er nach Hause gekommen war. Ein Albtraum, aus dem er am Morgen durch die Vorwürfe der Eltern erwachte.

„Junge, Junge, da müssen wir ein Machtwort mit Dir sprechen. Du hast wieder gefeiert und Dich mit Klamotten ins Bett gelegt. Das Leben besteht nicht nur aus Party."

Das Machtwort war gesprochen, die Zeit verging; und es wendete sich vieles zum Guten.

Franz-Wilhelm blieb am Gymnasium, weil sich, zur Überraschung der Lehrer, seine Leistungen verbesserten. Er wurde ehrgeizig. Manche nannten ihn schon „Streber". Den alten Treffpunkt bei der Ruine mied er lange, schlug Freunden einen anderen Platz vor, an den sich alle gewöhnten.

Überhaupt gab er sich die größte Mühe, das Geschehene zu verdrängen. Es zu vergessen ging aber nicht, schon, weil die zerstörte Figur der Frau für Aufregung im Dorf sorgte.

„Wer macht so etwas?"

„Keine Ehrfurcht vor einem Friedhof."

„Das ist pervers!"

„Es war das Gesicht von Anna Leon, das Antlitz dieser Frau, die vor hundertdreißig Jahren recht jung durch Krankheit vom Tod dahingerafft wurde."

Fassungslos standen die Dorfbewohner vor einem Rätsel, ebenso wie die Polizei, nachdem sie mit einbezogen wurde.

Franz-Wilhelm atmete tief durch, träumte einige Nächte schlecht. Mit viel Mühe ging das Lernen weiter.

Nach einiger Zeit gelang es ihm, den Friedhof weit wegzudenken, hinauf auf den Hügel, welcher zum Berg wurde und in den Himmel wuchs, sein Gipfel unerreichbar. Als er sich in Katharina Patzak verliebte, besuchte Franz-Wilhelm erfolgreich die zehnte Klasse am Gymnasium.

Katharina war neu, gefiel ihm vom ersten Tag an. Etwas altmodisch, aber passend wirkten ihre brünetten, immer wieder anders geflochtenen Haare.

Auf einer Schulparty sprach sie ihn an.

„Hast du Lust zu tanzen?"

Franz-Wilhelm spürte, dass er plötzlich schüchtern war.

„Ich bin kein Tänzer."

„Dann zeige ich es dir."

„Wie soll das gehen?"

„Du musst auf den Rhythmus und deine Gefühle achten, alles in Bewegung umsetzen."

Franz-Wilhelm bewegte sich nach dem Klang eines Lichtnebels im Raum, der sich um ihn herum wie eine Ellipse drehte, fühlte, wie der Stein in seinem Körper bröckelte.

Katharina wohnte in der Stadt, und er besuchte sie am nächsten Tag.

Ihr Zimmer war ungewöhnlich, wie ein Büro der Denkmalpflege, überall Bilder von Fachwerkhäusern.

„Am liebsten würde ich später in so ein vierhundert Jahre altes Haus ziehen", erklärte sie und zog einen Lippenstift aus ihrer Tasche.

„Ein Fachwerkhaus erfordert aber handwerkliche Fähigkeiten. Ansonsten zahlst Du dich dumm und dämlich", behauptete er und beobachtete, wie sie den Lippenstift über ihre Lippen gleiten ließ.

Als ihr Mund sich zu einem Lächeln verzog, dachte er an Holzbalken, die wegen der Haltbarkeit mit Öl getränkt wurden.

„Ich möchte mich später mit Holz beschäftigen."
Ihre geflochtene Frisur verriet Freude am Material.
Sie steckte den Lippenstift wieder in die Tasche.
Dann küsste sie ihn, und die Balken bogen sich butterweich.

Als er Katharina mit nach Hause brachte, gefiel sie auch den Eltern.

„Hübsches Mädchen. Dazu intelligent und geschmackvoll gekleidet."

Ihr Gesicht weckte Erinnerungen. Franz-Wilhelm wusste nur nicht, an wen. Katharina war leidenschaftliche Handballerin. So füllte sich seine Freizeit mit Besuchen von Handballturnieren.

„Handball ist toll. Katharina ist toll!"

Er beobachtete erneut, wie sie mit der Bewegung und dem Material spielte. Wenn ihre Mannschaft verlor, tröstete sie seinen aufgeregten Ärger.

„Warum machst Du Dich verrückt, es gibt Schlimmeres."

Das Schönste an ihrem Trost waren die Küsse, die sie ihm zuspielte.

Einmal fragte sie nach seinem Dorf.

„Gibt es dort viele alte Bauernhöfe?"

„Ja."

„Die möchte ich mir anschauen. Habt ihr eine alte Kirche?"

„Ja."

„Die will ich sehen. Und den Friedhof dazu." Er erschrak.

Sie wollte zum Friedhof, den geheimnisvollen Berg hinauf, zum Gipfel unter dem Himmel – und er hatte gehört, dass dort etwas Schlimmes passiert sein sollte.

„Was interessiert Dich an dem Friedhof? Dort spukt es." Sie lachte.

Irgendwann musste er ihrem Betteln nachgeben. „Okay!"

Als sie fast vor dem eisernen, nur angelehnten Tor standen, spürte Franz Wilhelm Übelkeit. Katharina griff nach seiner Hand.

„Was ist los mit Dir?"

„Es ist kalt hier oben auf dem Friedhof."

„Bist Du religiös?"

„Nein, ich glaube nicht an Gespenstergeschichten."

Sie lachte, zog ihn übermütig hinter sich her und glaubte Franz-Wilhelm nicht. Dieser wusste inzwischen, an wen sie ihn erinnerte.

Katharina hatte das Gesicht und die Frisur der schönen steinernen Frau, Anna Leon. Sie sah ihr so ähnlich.

„Ich glaube nicht an Gespenstergeschichten", wiederholte er flüsternd.

„Was sagst Du?"

„Dass es keine Gespenster gibt."

„Alter Quatschkopf!"

„Du bist ein Gespenst und mir ist schlecht."

„Was?"

Katharina schaute ihn misstrauisch an.

„Was ist los mit Dir? Du bist albern." Er zeigte Richtung Kirchenmauer.

„Die steinerne trauernde Frau dort hatte einmal einen Kopf, ein Gesicht. Es war Dein Gesicht, Deine Frisur, Dein geflochtenes Haar."

Katharina blieb bewundernd vor der kopflosen Frau stehen.

„Ihr Kleid ist wunderschön. Die schlanken Arme so leicht, als wären sie nicht aus Stein." Sie war begeistert.

„Warum fehlt ihr Kopf?"

Franz-Wilhelm zuckte vor ihrer Frage zurück. Er wusste es ja, hier oben war etwas Schlimmes passiert.

Sie schaute ihn mit großen fragenden Augen, die nicht aus Stein waren, an.

„Das geht jetzt nicht. Später erzähle ich davon." Katharina tastete mit ihren Fingern die Falten des langen Rockes ab, entwickelte sofort eine Beziehung zu diesem Material.

„Wunderschön. Der Stein ist lebendig." Das dachte jetzt auch Franz-Wilhelm.

„Schade, dass sie keinen Kopf mehr hat. Ich hätte so gern gesehen, wie ich vor hundert Jahren ausgesehen habe."

Franz-Wilhelm hörte plötzlich ein bedrohliches Rauschen über sich, als wollte ein ganzer Bienenschwarm über ihn herfallen.

Seine Angst spielte verrückt, schickte ihm Gedanken, die nicht mehr die Eigenen schienen.

Es waren die Gespenster dieses Ortes, oder, wie er gelesen hatte, die Seele der Verstorbenen, die Rache üben wollte.

Seine Bauchschmerzen weiteten sich zu Darmkrämpfen aus. In dieser Nacht beschloss er, sich von Katharina zu trennen. Sie reagierte am nächsten Tag wütend.

„Du Feigling, warum erzählst Du nicht Deine Geschichte!" Er fühlte sich krank. „Ich habe Fieber!" Tatsächlich hatte er leicht erhöhte Temperatur.

„Dann bleib heute zu Hause."

„Und der Arzt?"

„Na, Du musst schon hingehen."

Franz-Wilhelm wurde für drei Tage krankgeschrieben. So konnte er Zeit für eine Entscheidung gewinnen.

Die Übelkeit blieb im Bauch und die Kopfschmerzen im Kopf. Am Nachmittag rief Katharina an:

„Was ist los?"

„Bitte besuche mich heute nicht, ich habe ansteckendes, hohes Fieber."

„Ich mache mir Sorgen um Dich. Was ist nur los? Deine Geschichte? Hängt es damit zusammen?"

„Lass mir drei Tage Ruhe! Bitte!"

„Okay!"

Franz-Wilhelm hatte in diesen Tagen Angst vor dem Einschlafen, denn im Traum konnte ihm die Rache der schönen Anna Leon erscheinen. Oder war es der Ärger von Katharina?

Innerhalb dieser drei Tage nahm er sichtbar viel an Gewicht ab, so dass seine Eltern eine versteckte Krankheit vermuteten.

Einmal überlegten sie, ob nicht ein Psychologe hilfreich wäre.

Sie kamen nicht zur Ruhe, wenn er hin- und herlief, Selbstgespräche führte, im

Schlaf aufschrie, auf Toilette die Übelkeit herausließ.

Katharina rief am dritten Tag wieder an. Sie hatte ebenfalls schlecht geschlafen.

Er brach das Gespräch ab, konnte heute nichts sagen.

Am vierten Tag wurde sie energischer:

„Wenn Du mich heute nicht mit mir sprichst, ist Schluss zwischen uns Beiden. Diese Kindereien sind nichts für mich."

Mit fiebrig rotem Gesicht schrie er ins Handy:

„Dann mach doch Schluss. Dann ist es eben vorbei zwischen uns. Was soll ich mich mit einer Hundertjährigen abgeben."

Klacks. Ruhe. Sie hatte ihr Handy abgeschaltet. Er konnte nichts hinterherrufen. Damit war eine Entscheidung getroffen.

Franz-Wilhelm spürte den Bluthochdruck, hatte das Gefühl, eben einen Stein nach ihr geworfen zu haben. Er war zum Wiederholungstäter geworden.

Sein hoher Blutdruck trat gegen das Bett, den Schrank, so laut, dass der Vater besorgt ins Zimmer gerannt kam.

Sein Sohn schleuderte ihm die Bluthochdruckbotschaft entgegen:

„Ich habe eben mit Katharina Schluss gemacht. Es ist aus."

„Was? Mit Deiner schönen Freundin?"

„Ja, sie hat viele Narben im Gesicht und ist viel älter, als ihr denkt."

„Wie meinst Du das?"

„Eben so. Sie ist hundert Jahre alt; und ich habe gerade mit einem Stein nach ihr geworfen. Davon hat sie wiederum Narben, vielleicht ihren Kopf verloren. So ist das." Der Vater schluckte, zuckte mit der Schulter:

„Junge, mit Dir stimmt etwas nicht. Nicht nur das Fieber. Du hast ein Problem und sprichst nicht drüber."

Franz-Wilhelm ließ ein Zischen durch seine geschlossenen Lippen entweichen.

„Ich habe Dir eben alles erzählt. Mit Katharina ist Schluss. Ich habe mit einem Stein nach ihr geworfen."

Der Vater schüttelte den Kopf:

„Das glaube ich Dir nicht. Mit Steinen werfen kann unser Franz-Wilhelm nicht."

„Was!", schrie dieser, „ich kann das nicht!"

Er nahm das erstbeste Buch, warf es nach dem Vater. Dem folgenden Glas konnte dieser gerade noch ausweichen.

„Jetzt ist aber gut! Hör auf mit dem Scheiß!"

Er packte den Sohn, um dessen Hände zu bändigen. Doch Franz-Wilhelm wich aus, versetzte dem Vater so einen kräftigen Schlag an den Kopf, dass dieser erschrocken zurücktaumelte.

„Jetzt ist genug, reiß dich zusammen. Wer hat dir etwas getan?"

Franz-Wilhelm würde am liebsten das Zimmer verlassen, davonrennen. Doch der Vater blieb vor der Tür stehen.

Franz-Wilhelm fror plötzlich, fiel auf sein Bett, fing an zu schluchzen.

„Junge, was ist nur los. Ich lass dich jetzt allein. Wir reden später."

Franz-Wilhelm konnte seine Arme nicht mehr anheben, die Beine schienen zu versteinern.

Alles war aus Stein, nur seine heimlichen Tränen nicht, die fiebrige Spuren auf beiden Wangen hinterließen.

Am nächsten Morgen entschied er die Krankentage waren herum wieder in die Schule zu gehen.

Ausgerechnet Katharina sah er beim Betreten des Klassenraumes zuerst. Ihm fiel auf, dass etwas anders war. Sie hatte keine geflochtene Frisur mehr, sondern die Haare abgeschnitten und hellblond gefärbt.

Die Überraschung war gelungen.

Sie unterhielt sich eifrig mit allen anderen Jungs in der Klasse, besonders mit Werner.

In der ersten großen Pause unterbrach Friedrich-Wilhelm ihr Gespräch mit Werner:

„Kann ich dich allein sprechen?"

Sie schaute ihn mit misstrauischem Blick an, presste die Lippen aufeinander, gab Werner, durch Kopfnicken ein Zeichen, so dass dieser sich zurückzog. Als beide allein waren, fauchte sie ihn an:

„Meinst Du, ich bin Dein Spielzeug? Gestern hast Du mich beleidigt, den Wehleidigen gespielt. Und heut, zack, ist alles wieder gut."

Sie machte eine Pause, um ihre Anklage wirken zu lassen.

„Die Katharina, die Du vor drei Tagen noch kanntest, gibt es nicht mehr." Er schluckte hilflos, brachte kein Wort heraus.

„Jetzt bist Du feige und antwortest nicht."

Franz-Wilhelm fühlte sich wie zu Stein erstarrt, nicht einmal Luft holen war ihm möglich.

„Sag doch was und glotz mich nicht so blöd an" forderte sie ungeduldig.

„Okay, Katharina, ich bin eine kopflose, kriminelle Figur. Alles was ich getan habe, war der blanke Wahnsinn. Ich werde es Dir erzählen, aber nicht hier, nicht jetzt." Sie blieb misstrauisch.

„So, wohin soll ich denn folgen?"

„Heute nachmittag noch einmal auf den Friedhof in meinem Dorf. Dort will ich Dir eine böse Geschichte erzählen."

„Und warum jetzt erst, nach diesem Theater der letzten Zeit?"

„Weil ich feige war."

Katharina antwortete mit einem kurzen zynischen Lachen, schüttelte den Kopf, beruhigte sich wieder, willigte in seinen Vorschlag ein. „Gut, ich komme. Und Du erzählst mir aber eine wahre Geschichte, nichts mit Gespenstern und so."

„Versprochen!"

Dabei spürte er, wie der Stein in seinem Körper anfing zu bröckeln, mehr Leichtigkeit entstand. Franz-Wilhelm klopfe sich an die Brust, da er glaubte, dass dort sein Gewissen brummte.

Am Nachmittag trafen sie sich am Tor zum Friedhof, er lief voran, blieb dann vor der kopflosen Anna Leon stehen, begann zu erzählen. Katharina hörte schweigend zu. Nachdem er zum Ende seiner Geschichte gekommen war, überraschte sie mit einer Idee.

„Wenn Du sagst, die Frau sah mir ähnlich, könnte ich ihr doch meinen Kopf schenken.

Franz-Wilhelm wusste ihre Reaktion nicht zu deuten. Katharina lächelte versöhnlich:

„Das ist überhaupt eine tolle Idee! Ich arbeite endlich mal wieder mit Stein, stelle mich vor einen Spiegel, um mein Gesicht und meine einst geflochtene Haarfrisur in diesen Stein zu meißeln. Sollte alles gut werden, bekommt Anna Leon ihren verlorenen Kopf zurück."

Katharina ging an die Arbeit, war tagelang beschäftigt, wollte nicht gestört werden. Dann rief sie Franz Wilhelm an, bat ihn, sie und ihr Werk zum Friedhof zu begleiten. Dieser war beeindruckt sogar den abgebrochenen schlanken Hals der Frau hatte sie nachempfunden.

Das vollendete Werk setzten sie gemeinsam mit einem Spezialkleber auf den traurigen Körper. Und siehe da, es passte alles.

Beide waren glücklich und entspannt und küssten sich.

Am nächsten Tag, gleich nach der Schule, führte ihr erster Weg zum Friedhof. Alles hielt noch zusammen. Die Figur von Anna Leon war wieder hergestellt. Auch war bewiesen, dass Katharina ihr ähnlich war.

Zum ersten Mal in seinem Leben glaubte Franz-Wilhelm an ein Wunder. Und wenn er genau hinschaute, war die Traurigkeit im Gesicht der Figur verflogen. Sie lächelte. Ihren ganzen Körper durchflutete eine gewisse Leichtigkeit; und die Hände schienen jenes dunkle Kreuz zu streicheln. Die Verantwortlichen für den Friedhof waren mit dieser Lösung einverstanden. Im Dorf freuten sich alle, denn die schöne Anna Leon war geheilt zurückgekehrt. Franz-Wilhelm und Katharina wurden von allen das Künstlerpaar genannt.

Und wenn sie nicht gestorben sind, leben beide immer noch glücklich zusammen.

Die gute Stimme

Es war schon immer so: Seitdem Gunther in die Schule ging, interessierte er sich für alle Experimente, wo sich Dinge vermischten, änderten, es knallte und dampfte, er löten, schrauben und verknüpfen konnte.

Mit sieben Jahren bekam er den ersten Metallbaukasten geschenkt. Sofort wurde alles zusammengeschraubt und ins Rollen gebracht, was möglich war. Bald schon folgte der Bausatz für Fortgeschrittene.

Mit acht Jahren hielt er den „Kleinen Astronomen" in den Händen, um seine Sehnsucht nach fremden Welten, Außerirdischen und fernen Flugobjekten zu befriedigen.

„Ich werde die grünen Männchen entdecken", dachte er, „sehen, ob sie blau, rot, oder ganz anders aussehen".

Gunther schraubte das Vergrößerungsglas mit der roten Einfassung an sein kleines Teleskop und beobachtete stundenlang den Mond.

„Und?", fragte der Vater.

„Nichts", antwortete Gunther und er wechselte das rote Vergrößerungsglas gegen das Blaue aus.

„Und?", fragte die Mutter.

„Nichts", antwortete Gunther auch diesmal, glaubte aber, Krater zu erkennen. Onkel Werner meinte:

„Du bist mondsüchtig".

Gunther widersprach, schraubte die Vergrößerungslinse mit der braunen Einfassung ans Teleskop, schaute nun Richtung Mars.

„Ich bin marssüchtig", lachte Gunther.

„Hat doch eine viel zu schwache Leistung, Dein Spielzeug", behauptete Onkel Werner weiter.

Dem Jungen waren die Zweifler egal. Er sah, was er sehen wollte. Gegen Neid ist eben hier auf Erden kein Kraut gewachsen.

Vielleicht würde er eines entdecken, da oben im Weltall?

„Ich kann auch die Venus beobachten. Eventuell gibt es dort Außerirdische."

Gunther schraubte die Vergrößerungslinse mit der grünen Einfassung an das Teleskop.

Er wusste: „Morgen versuche ich einen Blick zum Saturn. Dafür gibt es gelb. Mir entgeht nichts!"

Onkel Werner schmunzelte, widersprach diesmal nicht.

Über wirklich erfolgreiche Entdeckungen sprach Gunther nie. So erfuhr die Welt auch nicht, welche Farbe Außerirdische wirklich haben.

Ein Jahr später schenkten die Eltern den Basisexperimentierkasten „Der kleine Chemikerker".

Endlich konnte er selbst Knallgas herstellen.

„Versuch es am Anfang mit ungefährlichen Experimenten", bat die Mutter und gab ihm einen passenden weißen Kittel.

„Und setze immer deine Schutzbrille auf."

Glücklich betrachtete Gunther die ganze Welt der chemischen Substanzen, Reagenzgläser, Trichter, Erlenmeyerkolben, der Natriumkarbonate, Säuren, Lackmuspulver und anderen Substanzen. Er konnte sehen, wie Kohlendioxid entstand.

Überhaupt machte es ihm Freude, diverse Dämpfe und Gerüche auszuprobieren. Wenn es dazu knallte, das Wohnungsinventar aber ganz blieb, war er zufrieden.

Wieder ein Jahr später folgte der Bausatz „Der kleine Elektriker". Nun, der Titel war nicht passend, denn in der Zwischenzeit war Gunther nicht mehr so klein.

Aber begabt! Und so konnte er schnell die ganze Welt der Elektrizität kennenlernen. Er verschwand in seinem Zimmer, zwischen Spulen, Glühbirnen, Widerständen, Transformatoren und Kondensatoren, konnte Reihen- und Parallelschaltung ausprobieren.

Wenig später kam der Bausatz für einen Elektromotor dazu. Gunther baute und experimentierte mit solcher Leidenschaft, dass die Eltern sich sorgten, der Junge könnte altersgemäße Freundschaften vernachlässigen und zum Eigenbrötler werden.

Sie vergaßen, dass er mit Paul befreundet war. Und Paul war genauso experimentiersüchtig. Nur, dass er keinen weißen Kittel und auch keine Schutzbrille besaß.

Nach einer längeren Pause folgte als Geschenk: „Der Transistorradiobausatz für begabte Bastler".

Gunther war so fasziniert, dass er drei Tage sein Zimmer nicht verließ. Er studierte das wiederum umfangreiche Begleitbuch, beschäftigte sich mit Frequenzen, Kurz-, Mittel- und Langwelle, aber auch dem Empfang über UKW. Wer ein Transistorradio selbst bauen wollte, musste löten können. Gunther konnte löten. Es war kein Problem, die entsprechenden Anschlüsse zu schaffen. Lötkolben, Lötzinn und ein Seitenschneider gehörten zum Bausatz.

Schnell sorgte er für das erste Rauschen im Zimmer. Einmal war ihm, als höre er Musik. Aber die war noch weit weg, überlagert von sphärischen Geräuschen. Also tauschte er Transistoren und Verbindungen aus. Immerhin brachte diese Veränderung einen gewissen Erfolg: Einen Sender mit Schlagermusik und einen mit fremder Sprache.

„Das ist russisch", meinte der Vater und übersetzte Gunther sogar einige Worte.

Einen Radiosender zu empfangen, begeisterte den Jungen. Es gab laut dem Erklärbuch viele weitere Möglichkeiten Frequenzen hörbar zu machen.

Gunther tüftelte, lötete, verwickelte Leitungen. Dabei sorgte die Experimentierfreude für rote Wangen. Und dass, obwohl er in seiner Freizeit kaum das Haus verließ.

„Junge, etwas frische Luft tut dir gut. Besuch doch Paul, Deinen besten Freund mal wieder."

„Der ist bei der Chemie hängengeblieben, und da stinkt es immer", winkte Gunther ab.

Die Eltern waren überzeugt: Ihr Junge war begabt, vernachlässigte aber seine Freundschaften.

Aus Gunthers Zimmer roch es jetzt noch öfter nach Lötzinn. Er wechselte Drähte, Transistoren, Widerstände, freute sich über jedes Rauschen.

„Herrlich!", rief er begeistert; und seine Wangen wurden noch röter.

„Das ist aber kein Sender", meinten die Eltern vorsichtig.

„Das sind die Zwischentöne, die Urklänge, mit denen alles beginnt", verteidigte sich Gunther.

„Kurzwelle ist besonders spannend, da sind die Sender kurzatmig. Ich glaube sogar, einen asiatischen gehört zu haben."

„Und sicher einen von Marsmenschen", scherzte der Vater.

Hoch und tief, manchmal einem Sirenenton ähnlich, klang das Kurzwellenrauschen. Plötzlich jedoch fand Gunther einen Sendeplatz, auf dem es ganz still wurde. Eine ahnungsvolle Stille, als bereite sich der Sprecher eben auf die Sendung vor. Da war jemand, machte durch Räuspern, kurzes Hüsteln auf sich aufmerksam. Tatsächlich erklang plötzlich eine Männerstimme.

„Hallo, Du da draußen. Hallo, Du hast mich gefunden. Das ist Dein Glück. Denn ich habe Dir viel zu sagen. Zuerst notiere genau die Frequenz, wo Du mich hören kannst."

Gunther war fassungslos, spürte das Außergewöhnliche der Entdeckung, tat schnell, was die Stimme von ihm verlangte.

Dank eines neugierigen Zufalles, durch seine zusammengelöteten Drähte, Widerstände und Röhren, konnte er diese Stimme hören. Er hatte ihr den Weg in die Welt geebnet.

Aber wo war die Stimme zu Hause?

„Hallo, hör mir zu, dann wirst Du alles erfahren. Es soll nicht Dein Schaden sein." Gunther faszinierte, wie selbstverständlich diese Stimme zu ihm sprach, als hätte sie bereits gewartet. Sie kam von ganz weit her, von irgendwo, direkt in sein Zimmer.

„Hallo, pass auf! Du empfängst mich jeden Abend 19 Uhr auf diesem Sendeplatz."

„Da essen wir aber Abendbrot", gab Gunther gedanklich zu bedenken.

„Dann sorge dafür, dass ihr früher oder später esst. Sei bitte pünktlich 19 Uhr vor dem Radio und höre mir zu. Ich habe Dir wichtige Dinge zu sagen." Inzwischen belustigte es Gunther, wie selbstbewusst die Stimme, aus seiner selbstgebauten Transistorradiolandschaft her- aus dröhnte. „Wenn ich will, verschwindet sie wieder im Baukasten."

Er war stolz, glaubte Macht zu besitzen. Die Stimme aus dem Radio reagierte sofort

„Hallo, ich kann mich doch darauf verlassen, dass Du auf meiner Frequenz bleibst und mir zuhörst." Kann sie vielleicht dank einer besonderen Empfangsröhre Gedanken lesen?

„Du hörst mich noch?"

Aber Gedanken ganz ohne Hintergedanken richtig zu lenken, geht nicht, war sich Gunther sicher. „Das geht zu lernen. Hintergedanken sind schlecht", reagierte die Stimme.

„Aber wie?"

„Beherrschung ist alles. Lerne, für deine Gedanken die richtige Frequenz einzustellen."

„Du erklärst mir das?"

„Also", die Stimme schien zufrieden, „was ich Dir anbieten möchte, ist meine Freundschaft. Ich bin ein cooler Typ. Aber ich bestehe nur aus Stimme und kann allein durch das Zusammenspiel von Transistoren und Widerständen und der richtigen Frequenz existieren. Das heißt, Du darfst nichts anders löten, du musst immer diese Frequenz wählen. Und Pünktlichkeit ist wichtig, also täglich 19 Uhr zuhören! Kann ich mich darauf verlassen?"

„Ja", antwortete Gunther reflexartig. Aber nein, er durfte es ja nur denken. Und so dachte er sein „ja".

Die Stimme schnaufte und schien zufrieden:

„Wunderbar, wir können Freunde werden."

„Wie heißt du?", fragte der Junge. Doch er korrigierte gleich und dachte die Frage.

„Das steht nicht zur Debatte. Ich brauche keinen Namen." „Ist das eine arrogante Antwort", fand Gunther.

„Was bildet sich diese Stimme ein?" Vielleicht ändere ich doch die Frequenz und stelle sie einfach ab.

„Danke, für deine netten Gedanken", kam prompt die Reaktion aus dem Äther, „ich war der Meinung, wir sind Freunde. Freunde sind nicht gleich beleidigt."

Gunther hatte viele Fragen. „Wo lebst Du?"

„Was Du alles wissen willst. Ich lebe in der Frequenz Deines selbstgebauten Transistorradios. Das ist die Antwort."

Gunther ging noch eine Frage durch den Kopf:

„Über was wollen wir uns unterhalten?"

„Über Vieles, das Leben in der Welt oder im Radio."

Gunther beugte sich nach vorn, sah auf die nüchterne kleine Welt der von ihm zusammen verbundenen und gelöteten Röhren, den vielen roten und blauen Drähten und dachte weiter:

„Ist das Leben schön in einer Radioröhre?" Die

Stimme lachte: „Abwechslungsreich. Total abwechslungsreich." „Kann ich mir nicht vorstellen." „Weil sich meine Welt deiner Vorstellungskraft entzieht." Gunther dachte jetzt nichts.

Dafür redete die Stimme:

„Um meine Welt kennenzulernen, benötigst du Unabhängigkeit."

„Was empfiehlst Du, was kann ich dafür tun?", wollte Gunther wissen.

Doch das war schon wieder falsch, denn es musste schließlich gedacht werden. Die Stimme reagierte gleich:

„Siehst du, da beginnt sie bereits, die Unabhängigkeit. Sie zu erlangen kostet Mühe. Aber, da du mich als Freund hast, wird es gelingen. Du musst zuhören, wenn ich spreche und vertrauen. Klar!"

„Klar!", dachte der Junge und das war richtig. Die Stimme hatte noch Einiges zu erklären:

„Jetzt mal zum Empfangsprogramm: 19 Uhr ist die wichtigste Zeit. Das mit dem Abendbrot kriegst Du hin. Ich erwarte Dich dann morgen, pünktlich, und werde dir alles Weitere erklären, Schritt für Schritt. Für Heute reicht es. Wir haben Freundschaft geschlossen, ein Ziel formuliert und uns für morgen wieder verabredet. Leb wohl, guter Freund."

„Leb wohl, gute Stimme." Mit den Eltern handelte er eine frühere Abendbrotzeit aus.

„Ich kann immer so schlecht schlafen, und in meinem Bauch grummelt es." Die Eltern zeigten Verständnis, und eine neue Zeit für das gemeinsame Essen war verabredet: 18 Uhr.

Als Gunther am nächsten Tag, in das Geheimnis

der neuen Frequenz eintauchte, bekam er gleich viel Lob von der guten Stimme.

„Hallo Gunther, wunderbar, Du bist ein verlässlicher Freund. Und siehst Du, die erreichte Änderung der Abendbrotzeit beweist schon ein Stück Unabhängigkeit." Gunther hörte es gern. Auch die anderen Anweisungen:

„Wenn wir uns regelmäßig treffen, wirst du erfahren wie selbständiges Handeln geht. Löse dich Schritt für Schritt von alten Bindungen. Das ist total cool und macht unabhängig. Du musst lernen; Widerstand zu leisten."

Heute hatte sich Gunther vorgenommen, auf die richtigen Gedanken zu achten. Also dachte er gleich:

Aber was soll ich erfahren? Erzähle mir davon.

„Langsam, langsam"; brummte die Stimme, „alles zu seiner Zeit. Zuerst müssen wir noch einige Rahmenbedingen schaffen für Deine zukünftige Unabhängigkeit. „Klar?", fragte die Stimme. „Klar!", stimmte Gunther gedanklich zu.

„Pass auf, der nächste Schritt ist, dass wir uns zweimal am Tag hören. Einmal, weil ich Dir viel zu sagen habe. Zum anderen, damit Du die Möglichkeit hast, Dir mehr Unabhängigkeit von äußeren Zwängen zu schaffen."

Gunther wirbelten bedenkliche Gedanken durch den Kopf: „Das ist nicht einfach!" Doch die Stimme erklärte:

„Um ein gutes Ziel zu erreichen, braucht es Bewährungsproben, manchmal auch unangenehme." „Erkläre mir Deinen Plan genauer, guter Freund Stimme", dachte der Junge.

„Nichts überstürzen", brummte diese wieder, und weiter: „Morgen möchte ich, wie gesagt, zweimal zu Dir sprechen, einmal am Vormittag 9 Uhr und dazu am Abend 19 Uhr." Gunther schreckte zurück, dachte: „das geht nicht, 9 Uhr muss ich in der Schule sein."

„Das geht", widersprach die Stimme, „das geht, Du musst es nur wollen. Deine Unabhängigkeit lieben! Dafür bekommst Du meine wertvolle, einmalige Freundschaft und wirst noch tolle Dinge erfahren. Dein Leben verläuft dann viel spannender."

Ein spannendes Leben wünschte sich Gunther. Das Abenteuer hatte ja bereits begonnen.

So dachte er: „Okay, ich versuche es, unserer Freundschaft wegen und damit ich schnell unabhängig werde."

Die Stimme schien damit zufrieden, denn ihr Ton glitt fast in einen sentimentalen Singsang:

„Das ist gut, Du wirst es nicht bereuen, kannst gute neue Erfahrungen machen. Es wird Zeit für neue Erfahrungen, Zeit mit der alten Welt Deiner Eltern und der Schule zu brechen. Wie sollte sich die Erde drehen, wenn junge Leute nicht immer wieder mit Traditionen brechen würden? Vertrau mir, guter Freund!"

Und Gunther dachte, ich vertrau dir, gute Stimme. Damit war ihr Gespräch beendet, denn die Stimme verabschiedete sich.

Am nächsten Morgen kehrte Gunther von der Schule wieder nach Hause zurück, nachdem die Eltern auf Arbeit gegangen waren.

Von dort rief er in der Schule an, dass ihm schlecht

sei, er aber versuchen würde, später noch zu kommen. Der kranke Tonfall gelang ihm.

Er setzte sich vor seine selbstgebaute Röhren-landschaft, wählte die entsprechende Frequenz, musste aber sieben Minuten warten, bis die gute Stimme zu ihm sprechen konnte.

„Hallo Freund, du bist okay, bist ein Held. Eine Freundschaft mit Dir macht richtig Spaß. Ich weiß, von nun an beginnst Du unabhängig zu werden."

„Erzähle mir, wie es weitergeht", dachte Gunther. Die Stimme schnaufte, räusperte sich, brummte dann:

„Langsam, langsam, alles zu seiner Zeit. Zur Un-abhängigkeit gehört die Geduld. Nichts überstür-zen!"

„Schon gut", entschuldigte sich der Junge – na-türlich nur gedanklich, denn mit der Geduld ist es nicht so einfach, wenn man mit Abenteuern experi-mentiert. Die Stimme belehrte ihn:

„Geduld ist wichtig, so wie das konzentrierte Denken und die Unabhängigkeit in den Zeiten. Einen dritten Schritt muss ich Dir, guter Freund, noch abverlangen. Dann hast Du sozusagen das Grundprogramm der Unabhängigkeit erreicht." Wieder hatte Gunther ein Problem mit der Geduld:

„Was für ein dritter Schritt? Ist es nicht schon ge-nug, was Du von mir verlangst?"

„Hallo, guter Freund, einen dritten Schritt muss ich Dir noch abverlangen. Du wirst später merken, dass es so gut ist. Vertrau mir. Es ist der Kampf um Unabhängigkeit, Kampf für das Erwachsen werden, Kampf gegen die alte Welt. Schließlich willst Du mich verstehen."

Das ungute Grummeln in Gunthers Bauch verstärkte sich. Was war nun der dritte Schritt?

„Hallo, mein guter Freund, wir hören uns inzwischen am Abend 19 Uhr, vormittags 9 Uhr und ab morgen auch am Nachmittag 16 Uhr.

„Da bin ich bei Paul", widersprach Gunther erregt. Das war wieder falsch. Denken sollte er und so dachte er aufgeregt seinen Einwand.

Die Stimme klang plötzlich besonders freundlich.

„Hallo guter Freund, der dritte Schritt ist aber sehr wichtig für das Ganze. Wenn es Dir gelingt, auch mit diesem Zeitpunkt unabhängig zu werden, kann ich dreimal zu Dir von der Unabhängigkeit, vom Leben im selbstgebauten Transistorradiosprechen."

Gunther rutschte nervös auf seinem Platz hin und her, konnte sich diesmal nicht richtig entscheiden.

Die Stimme ließ in ihrer Forderung nicht locker:

„Guter Freund, versuch es, vertrau mir. Wir sind doch Freunde? Die Welt braucht starke Menschen, die bereit sind; gegen das Alte zu kämpfen. Aber darüber unterhalten wir uns später. Es gibt die wichtigen drei Zeiten: 19 Uhr, 9 Uhr und 16 Uhr. Sie sind Teil des Geheimnisses. Kämpfe darum! Freund, es ist für eine gute Sache! Ich wiederhole: Vertrau mir! Den Anfang für die gute Sache hast Du selbst durch den Bau des Radios geschaffen. Dann hast Du die richtige Frequenz eingestellt, Dich von der Bevormundung durch die Eltern, und die Schule befreit. Ich sage dir, dass hast Du toll hinbekommen. Sonst würde ich auch nicht zu dir sprechen. Du hast mich sozusagen verdient."

Diese Worte beeindruckten Gunther nun doch, denn sein Radio hatte er wirklich geschickt gebaut.

„Gute Stimme, Du kannst Dich auf mich verlassen, auf unsere Freundschaft. Morgen 16 Uhr bin ich da."

Die Eltern verließen zeitig das Haus. Genug Gelegenheit, in der Schule anzurufen und das Fehlen mit Übelkeit zu begründen. Am Nachmittag wartete Paul auf ihn, aber Gunther kam nicht. Die gemeinsame Abendbrotzeit war sowieso verschoben. So konnte er dreimal am Tag der Stimme lauschen. Die wichtigen drei Zeiten waren eingehalten, bis der Direktor der Schule die Eltern zu einer Aussprache bat.

Danach war der Junge davon überzeugt, dass Schule ein alter, überholter Zopf war. Auf die Freundschaft mit Paul konnte er verzichten, denn so beleidigt wie dieser reagierte, zeigte sich kein Freund. Außerdem beschäftigte sich Paul nur noch mit chemischen Experimenten. Die fand Gunther inzwischen langweilig.

Die eingetretene Häufung schulischer Probleme, dem ständigen Fernbleiben wegen Übelkeit ihres Kindes geschuldet, bereitete den Eltern Sorgen.

„Dann musst Du zum Arzt gehen. Mit Deinem Magen stimmt etwas nicht." Gunther ging zum Arzt, der jedoch keine größeren Probleme feststellte.

„Dann sei wieder pünktlich. Vielleicht hast du zu viele Experimente im Kopf?" Gunther reagierte nervös: „Quatsch." Die Eltern schüttelten ihre Köpfe und machten sich weiterhin Sorgen, besonders, als sie vom Direktor der Schule zur zweiten Aussprache geladen wurden.

Vorher schenkten sie ihrem Sohn den Kasten „Experimente in Wald und Flur".

Die Absicht war klar: sie wollten doch, dass er endlich wieder an die frische Luft ging. Gunther hatte sich so verändert! Schweigsam und misstrauisch ließ er den neuen Kasten stehen und entschied sich gegen frische Luft. Er kam aus seinem Zimmer fast nicht mehr heraus, denn inzwischen hatte die Stimme weitere Hörzeiten befohlen. Die waren wichtig. Unabhängigkeit ließ sich schließlich nicht in wenigen Stunden erlernen.

Gunther war blass im Gesicht, wurde schmaler, aß nur wenig, ließ seine Lieblingsspeisen wie Schnitzel und Fischstäbchen auf dem Teller zurück. Die Freundschaft zu Paul schien beendet. Nach dem mahnenden Gespräch mit dem Schuldirektor erklärte Gunther, er verzichte auf Schule, wolle diesen alten Zopf abstreifen.

Damit waren die Eltern nicht einverstanden und ließen ihren Sohn am Morgen nicht mehr allein. Der Vater kam dazu, wie Gunther vor seinem selbstgebauten Radio saß und die Stimme: „Vorsicht!" rief. Er hatte es gerade noch gehört.

Das war zu viel. In einem spontanen Anflug von Wut riss der Vater die ganze Radiolandschaft auseinander und ließ das gesamte Wirrwarr an Kabeln, Transistoren und Widerständen verschwinden.

Gunther leistete Widerstand. Er schrie und stürzte sich auf den Vater, um ihm die Radiobauteile zu entreißen. In der Aufregung landete Gunthers geballte Faust auf Vaters Nase, so dass diese zu bluten anfing. Der Junge war darüber so erschrocken, dass er wegrannte.

Den restlichen Tag ließ er sich nicht mehr blicken. Auch in der Nacht und am nächsten Tag kehrte er nicht zurück. Die Eltern wurden nervös. Was war mit ihrem Sohn passiert?

Sie suchten Hilfe bei Freunden und in der Schule. Von allen Seiten kam die Empfehlung, kurzfristig einen Psychologen einzubeziehen.

Gunther kam nicht zurück. Am Nachmittag informierten sie die Polizei. Alle Mitschüler wurden befragt, aber keiner wusste etwas von Freunde oder Aufenthaltsorten. Selbst Paul winkte ab.

Auch in der Nacht blieb der Junge verschwunden. Am nächsten Tag kurz nach 8 Uhr rief die Mutter in der Schule an.

„Nein, Ihr Gunther ist nicht hier. Wir haben gerade andere Sorgen: Jemand hat Fensterscheiben des Klassenzimmers eingeworfen." „Sie meinen doch nicht, dass unser Gunther dahinter steckt."

„Wir wissen es nicht. Die Spurensicherung ist vor Ort. Warten wir die Ergebnisse ab. Jedenfalls ist Ihr Sohn nicht in die Schule gekommen."

„Die zweite Nacht, dass er verschwunden bleibt." Die Nervosität war groß. Ein Anruf bei der Polizei ergab ebenfalls nichts Neues.

Zwei Beamte durchsuchten das Zimmer von Gunther. Das selbstgebaute Radio hatte der Vater zerstört und unter Verschluss genommen.

„Ich erinnere mich, wie sich unser Sohn mit jemanden unterhielt. Als ich das Zimmer betrat, rief dieser Jemand: Vorsicht."

Die Mutter kam den Fragen der Polizisten zuvor: „Ja, unser Sohn hatte sich verändert. Er schwänzte Schulstunden, lehnte Schule völlig ab, aß wenig, sah krank aus und verließ sein Zimmer fast nicht mehr."

„Von Freunden hatte er sich getrennt", ergänzte der Vater. Alle überlegten, zu wem die Stimme gehörte.

„Hätte ich nur nicht das Radio zerstört", ärgerte sich der Vater.

„Ein Radio spielt Musik oder Nachrichten", bemerkte einer der Polizisten. Somit gab es keine Erklärung.

Gegen 19 Uhr sah jemand Rauchwolken aus dem Keller des Hauses aufsteigen.

„Wo ist Gunther?", kam wieder die Frage. Ein Nachbar, welcher die Feuerwehr alarmierte, hatte ihn kurz vor 19 Uhr ins Haus gehen sehen.

Die Eltern ahnten Schlimmes.

Der Vater rannte plötzlich in den Keller. Seine Frau konnte ihn nicht aufhalten. In diesem Moment traf die Feuerwehr ein.

Die Frau lief den Feuerwehrleuten verzweifelt entgegen: „Retten Sie meinen Mann und meinen Sohn. Meine Familie!"

Den Mann brachten sie nach kurzer Zeit aus dem Keller heraus.

Er war am ganzen Körper voller Ruß, und die sicht- baren Verbrennungen wirkten bedrohlich. Herbeigerufene Sanitäter kümmerten sich um ihn.

„Wir müssen Ihren Mann mit ins Krankenhaus nehmen, die Verbrennungen sind schlimm", erklärte ein Arzt.

Tränen kamen der Frau erst später. „Und unser vermisster Sohn?"

„Ich habe ihn wirklich kurz vor 19 Uhr ins Haus laufen sehen", beteuerte mehrmals der Nachbar. Die Polizei nahm alles zu Protokoll.

Der Brand konnte schnell eingedämmt werden.

„Gunther", rief die Frau immer wieder den Namen des Sohnes. Ohne Antwort. Gegen 23 Uhr erlaubte die Feuerwehr, dass sie zurück ins Haus konnte. Es wurde eine schlaflose Nacht.

Am nächsten Tag rief ein Lehrer der Schule an, teilte mit, dass Gunther zum Unterricht gekommen wäre. Weil er verstört wirkte, habe man gleich einen Schulpsychologen beauftragt, sich um den Jungen zu kümmern.

„Dieser Schulpsychologe würde ihn heute Mittag auch nach Hause begleiten."

Gunthers Mutter, die sich die nächsten Tage hatte krankschreiben lassen, fing an zu weinen:

„Er lebt, unser Sohn lebt, das ist erst mal das Wichtigste. Sagen sie ihm, ich bereite sein Lieblingsessen zu Mittag vor."

Sie rief anschließend gleich im Krankenhaus an: „Ihrem Mann geht es den Umständen entsprechend. Es heilt."

Mittags würde Gunther zurückkehren, gemeinsam mit ihr essen und nachmittags den Vater besuchen.

Dann kam der Sohn, begleitet von der Schulpsychologin.

Er sieht schlecht aus, dachte seine Mutter sofort. Wer weiß, wo er geschlafen hat, ob überhaupt ... Bestimmt plagt ihn Hunger!

Gunther blieb sprachlos. Die Psychologin erklärte, dies sei einer Art Schockzustand geschuldet.
„Kann ich ihn trotzdem mit ins Krankenhaus zum Besuch des Vaters mitnehmen?" Die Psychologin nickte.

Zum Mittag gab es Schnitzel und Pommes. Gunther aß zwei Schnitzel, wirkte dabei zufrieden. Er war schweigsam, und die Mutter, froh über seinen Appetit, drängelte nicht mit Fragen.

Danach gingen beide ins Krankenhaus, um den Vater zu besuchen.

Dieser schlief gerade, wurde aber sofort munter, als sie ins Zimmer traten.

Ein Teil des Kopfes war verbunden. Er lächelte, doch das Lächeln wirkte traurig. Seine Frau versuchte zu trösten.

„Unser Gunther war heute in der Schule. Wir haben gemeinsam Schnitzel und Pommes gegessen und wollten dich besuchen."

Sie beugte sich nach vorn und gab ihrem Mann einen Kuss zwischen die sichtbaren Brandwunden.

Mit gesenktem Kopf saß Gunther dabei.

Er schwieg, und der Vater schaute ihn lange nachdenklich an. Nur die Mutter sprach, wiederholte immer wieder: „Wichtig ist, dass wir alle leben."

Gunther zeigte sich in nächster Zeit verändert. In der Schule war er gewissenhaft und pünktlich. Später, als der Vater aus dem Krankenhaus entlassen wurde, gab er dem Jungen dieses ganze Wirrwarr an Kabeln, Transistoren, Widerständen seines Radiobaukastens zurück.

„Schwamm drüber, was damals war", kommentierte der Vater die Übergabe, „Du wirst schon alles ordnen können".

Gunther setzte sich gleich hin, um einen ersten Überblick zu erhalten: Sortierte Kabel und Röhren, musste Manches neu löten, geradebiegen. Aber so langsam bekam er sein Radio in den Griff. Dann drehte er am Empfangsknopf, bis die alte Frequenz eingestellt war, wartete nervös ab, was passierte. Da sprach sie wieder zu ihm, die gute Stimme:

„Hallo Freund, Du hast mich lange vernachlässigt, nicht mit mir gesprochen. Wir hatten eine Absprache. Aber ich weiß, dass Du in der Zwischenzeit für Unabhängigkeit gekämpft hast. Recht so. Nun aber, halte Dich an die verabredeten Zeiten, sonst wird das nichts mit der Trennung von alten Gewohnheiten. Denke daran, ich bin dein Meister."

Gunther hörte eine Weile zu, griff plötzlich nach dem blauen Verbindungsdraht zwischen zwei Röhren. Bevor er diesen zog, rief die Stimme.

„Hallo guter Freund, was machst Du!"

Gunther trennte nicht nur diese zwei Transistoren, sondern entfernte auch alle anderen Bauteile, nahm das ganze auseinandergerissene Radio, bat den Vater, den Bausatz im Elektromüll zu entsorgen.

„Es war wohl ein Fehlkauf", kommentierte er kurz und holte anschließend seinen neuen Experimentierkasten „In Wald und Flur" aus dem Schrank. Wegen des Steinwurfes in die Schulfenster gab es keine Aufklärung. Der Kellerbrand hing mit einem technischem Defekt zusammen. So kamen beide Vorkommnisse bald zu den Akten, und der Schulbetrieb lief normal mit einem wieder aufmerksamen Schüler Gunther weiter.

Drei Tage später klingelte Gunther bei Paul und erklärte seinem überraschten ehemaligen Freund, dass er chemische Experimente doch cool fände.

Rückkehr einer Operette

Werner Zelfel befand sich gerade auf dem Weg zum Herrenausstatter, um seinen Slogan, „Mut zur Farbe" in die Tat umzusetzen. Heute war er fest entschlossen, das rote, langärmelige Hemd aus dem Schaufenster anzuprobieren und, sollte es passen, das gute Stück zu kaufen.

So sah er sich gedanklich bereits bei der Anprobe, schaute weder links noch rechts. Nur an einem Haus in der Alten Straße kam er wieder einmal nicht ohne inneren Ärger vorbei. Dass dessen marode Fassade mit Bruchstücken von Schellackplatten verkleidet wurde, empörte ihn regelmäßig. Die jungen Künstler wollten vor einigen Jahren durch diese Installation auf den schlechten Zustand der Altstadt aufmerksam machen. Doch Werner Zelfel konnte mit dem Projekt keinen Frieden schließen, versuchte geduldig auf Resten von Etiketten, auseinandergerissene Bezeichnungen von Interpreten und Musiktiteln zu rekonstruieren. Wie oft kamen bei den Namen Lehár, Schubert, Wagner und Verdi tiefe Seufzer über seine Lippen.

„Es ist ein Jammer", dachte er jedes Mal, zupfte sich beruhigend an der Nase, schüttelte den Kopf und hätte am liebsten das ganze Werk zerstört.

Werner Zelfel war Musikliebhaber und Bratschist im hiesigen Orchester, wusste, dass sich gerade auf Schellackplatten Aufnahmen mit seltenen Interpreten befanden. Aber man hatte ihn nicht gefragt.

Heute, auf seinem „Mut zur Farbe Weg" Richtung Herrenausstatter, wollte er vor diesem Schellackmusikhaus nicht stehenbleiben, sich nicht ärgern. Doch die gute Absicht war vergebens. In dem kurzen Moment des Innehaltens machte der Mann eine spektakuläre Entdeckung!

Er las auf einem bisher nicht beachteten Schellackplattensplitterettiket, den Namen „Thekla". Dieser war bisher von Resten einer Franz-Lehár-Platte verdeckt.

Da dieser Name nur in einer regionalen Operette vorkam, ahnte Werner Zelfel, um welches Werk es sich handeln könnte, stotterte aufgeregt: „Das wird doch nicht, nein, das kann nicht sein." Über diesem Namen waren die Buchstaben „... av, R, e, i ..." zu erkennen.

Die Buchstaben fügten sich eindeutig zu dem Namen Gustav Reimann. Es passt alles! Dieser Reimann war als Orchestermusiker und Komponist und in Rudolstadt ansässig gewesen. Er spielte ebenfalls Bratsche, so wie er. Und er schrieb Ende des 19. Jahrhunderts eine Operette mit dem Titel „Zauberhafte Thekla". Leider war diese Komposition längst in Vergessenheit geraten.

Er, Werner Zelfel, hatte in alten Unterlagen, zumindest ihre theoretische Existenz wiederentdeckt. Leider gab es weder Noten noch Tonaufnahmen von diesem Werk.

Was hatte er in aller Welt Musikarchive, einzelne Sammler, Tauschbörsen, Auktionshäuser, angeschrieben! Aus Amerika kam vor Jahren eine Hoffnung machende Antwort: „Ja, wir besitzen eine Schellackplatte mit zwei Arien aus dieser

Operette." Doch dann stellte sich das Ganze als Verwechslung heraus. Und so gab es bis heute keinen akustischen Beweis.

Werner Zelfel schaute vorsichtig nach links und rechts, denn er plante einen Diebstahl. Hastig griff er die entdeckte Plattenscherbe und entfernte sie von der Hauswand. Sich noch einmal vergewissernd, dass ihn auch niemand gesehen hatte, steckte er den schwarz glänzenden Fund in seine Tasche.

Jetzt war keine Zeit, aber er würde wiederkommen und weiter suchen.

Vielleicht kann ich die ganze zerstörte Platte zusammensetzen. Es wäre eine Sensation in der Musikwelt: Das erste wiederentdeckte Hörbeispiel der Operette „Zauberhafte Thekla" vom Rudolstädter Komponisten Gustav Reimann.

Dann ging er doch noch zum Herrenausstatter, um seinen Mut zur Farbe mit dem Kauf eines roten langärmeligen Hemdes zu beweisen. Allerdings war die Anprobe peinlich, da er in der Umkleidekabine sehr geschwitzt hatte.

Seine aufgewühlten Gedanken waren bei der Operette. Gustav Reimann musste sein Werk jener auf dem Schloss Heidecksburg lebenden Prinzessin Thekla gewidmet haben. Die war mit der letzten Fürstin verwandt. Thekla blieb zeitlebens unverheiratet.

Doch Reimanns Operette erzählt von einer Liebesbeziehung in ihrer Jugend. Ob er sich dabei auf tatsächliche Begebenheiten berief, davon war in dem historischen Quellenmaterial nichts zu finden.

Oder war mit der Operettenprinzessin doch nicht jene damals bekannte Thekla gemeint? Alles nur Phantasie? Es blieben viele Fragen offen.

Die Schellackscherbe legte Werner Zelfel wie eine Reliquie auf seinen Schreibtisch und betrachtete sie mit einem Vergrößerungsglas, um eventuell weiterführende Erkenntnisse zu erlangen. Er fotografierte sie, zeichnete ihren Bruch ganz genau auf ein Blatt Papier und bereitete akribisch seine nächste Suchaktion an der betreffenden Projekt-Hauswand vor. Damit konnte er nicht lange warten, denn die Aufregung war zu groß. Schon am nächsten Sonntagmorgen stand er vor dem Schellackhaus. Eine der Plattenscherben war abgefallen, lag auf dem Gehweg. Er hob sie auf, drehte das Teil in seinen Händen, verglich ihren farblichen Zustand, die Bruchstelle, nein, sie war momentan nicht von Bedeutung.

Im Umfeld der spektakulären Entdeckung suchte er weiter. Für den Musikliebhaber herrschte ein heilloses Schellackplattenscherbendurcheinander an dieser alten Fassade. Die jungen Künstler schöpften aus einem großen Fundus an Schellackplatten.

Ein Passant, der an diesem Sonntagmorgen unterwegs war, fragte:

„Na, Sie suchen wohl Ihre Lieblingsschallplatte?"

„Ich suche Reste einer Operette, die leider verloren gegangen ist, nämlich ein Werk des Rudolstädter Komponisten Gustav Reimann."

„Nie gehört."

„Na eben, weil er vergessen ist. Ich hoffe, ihn wiederzuentdecken."

„An dieser Hauswand?"

„Ja."

„Wie?"

„Ein Bruchstück habe ich entdeckt. Vielleicht finden sich die restlichen Teile der Platte. Ein musikalisches Geduldsspiel."

Werner Zelfel betrachtete die Hauswand, seine Augen tasteten sich an allen unerreichbaren Schallplattenbruchstücken hoch, überlegte, ob er nächsten Sonntagmorgen eine Leiter mitbringen sollte.

Heute beendete er seine Aktion ohne Erfolg.

In der Zwischenzeit wollte er nach weiterem Quellenmaterial und Zeitzeugen suchen. Er dachte an den neunzigjährigen früheren Sänger mit der markanten Bassstimme, Johnathan Krumpholz.

Für Johnathan war der Besuch seines Künstlerkollegen eine Überraschung.

„Mensch, Zelfel, dass Du Dich mal blicken lässt?" Dieser war beeindruckt von der Vitalität seines Gegenübers.

„Mensch, Krumpholz, Du bist ja ein Energiebündel. Wohnst hier allein und regelst alle Angelegenheiten selbst. Ich bin beeindruckt."

Dem großen, immer noch kräftigen Mann nahm man sofort die besonders tiefe Bassstimme ab.

„Gesang hält fit. Gesang bildet die besten Vitamine."

Er lachte dabei und rieb zufrieden seinen Kammersängerbauch. Werner schmunzelte:

„Besonders der Besitz einer tiefen Bassstimme, hält gesund." Krumpholz zog schelmisch die Augenbrauen hoch, fragte:

„Willst Du was trinken?"

„Ja, Whiskey." Auch Werner Zelfel kehrte seinen inneren Schelm nach außen.

„Nein, ich brauche nichts zu trinken."

„Wir sollen aber im Alter viel trinken", grinste Jonathan.

„Ja, ja!" Werner winkte ab.

„Pass auf, Johnathan, weshalb ich eigentlich gekommen bin: Kennst du den Komponisten Gustav Reimann?"

Johnathan Krumpholz hörte auf, sich den Bauch zu reiben. Aus den Augenbrauen war sofort der Schelm verbannt, er begann augenfällig nachzudenken.

Seine Bassstimme murmelte etwas in den Kammersängerbauch. Werner Zelfel wartete geduldig, bis er dessen Worte verstand: „Natürlich kenne ich Gustav Reimann! Von ihm stammte doch die Operette Zauberhafte Thekla."

Er versuchte, eine Melodie daraus zu brummen. Werner Zelfel war begeistert: Hervorragend, ihm kommen Erinnerungen! Johnathan Krumpholz erklärte:

„Die Operette will heute niemand mehr hören. Sie wird als Kitsch abgetan. Oder als trivial, passt nicht mehr in die Zeit. Reimann hatte historisch mit seiner Komposition Pech. Kurz nach der Premiere brach der Erste Weltkrieg aus. Da hatte man andere Sorgen. Tja und dann ...", wieder zog er seine Augenbrauen in die Höhe, rieb sich den Bauch, „... dann hatte sich der Kunstgeschmack geändert. So ist das. Reimann hatte sie einfach zur falschen Zeit komponiert."

Er brummte weiter und suchte hörbar nach einer Melodie. Dann erhellte sich sein Gesicht: „Eine Arie könnte ich singen."

Johnathan Krumpholz stellte sich in Position, holte aus der Tiefe seines Kammersängerbauches die verloren geglaubte Arie.

Sie begann feierlich, fast wie eine Pastorale, bekam dann Schwung und verwandelte sich in eine unbeschwerte heitere Melodie. Man sah ihm die Freude der Wiederentdeckung an. Doch plötzlich brach die Melodie ab, Jonathan Krumpholz schien sich verschluckt zu haben, die Folge war ein Dauerbrummton. Er versuchte, zur Melodie zurückzukehren, doch die Stimme scheiterte, es kam zum Abbruch. Werner Zelfel hoffte, dass sich sein musikalischer Freund wieder erinnerte, sah die Enttäuschung in dessen Gesicht.

„Lass mal, Jonathan, ärgere dich nicht. Der Anfang war gut. Sollte deine Erinnerung zurückkehren, ruf mich an."

Johnathan Krumpholz grübelt, setzte immer wieder an, wiederholte den feierlichen Teil – die Rückkehr seiner Arie gelang ihm nicht.

Immerhin, an die ersten Zeilen des Textes erinnerte sich der Kammersänger:

„Es war ein Jäger wohl keck und kühn, der wusst ein schönes Röschen blühn, das hielt er höher als Gut und Gold; es wurd ihm im Herzen gar licht und hold, wenn er nur Prinzessin Thekla sah!

Trala, Trala, Trala." Johnathan behauptete:

„Gustav Reiman muss hier Texte von Theodor Körner verarbeitet haben."

Er holte noch einmal tief Luft, der Bauch schien gleich zu zerplatzen, doch die Anstrengung war vergebens.

„Ich kenne leider keine zweite Arie aus dieser Operette. Dafür ist es zu lange her. Mir fehlt die Übung.", gab Johnathan Krumpholz nachdenklich zu, ergänzte: „Ich weiß nicht, ob es ein Klangbeispiel auf Schallplatte gibt. Mir ist nichts bekannt. Das Schicksal war hart zu diesem Werk."

Werner berichtete:

„Ich habe durch Zufall das Bruchstück einer Schellackplatte gefunden. Zum Glück befanden sich Reste vom Aufkleber mit den Namen Thekla und Reimann noch lesbar darauf."

Inzwischen hatte Krumpholz die restliche angestaute Luft durch leises Fauchen aus seinem Bauch herausgelassen.

„Das ist ja wunderbar. Bestimmt hast Du in irgendeinem Musikarchiv dieser Welt Glück. Und wenn nicht", er zog die Augenbrauen wie eine Tonleiter nach oben, „findest du etwas im Internet. In dieser banalen Welt wird alles verramscht. Deshalb gibt es kaum noch Schallplatten. Man streamt!"

Werner Zelfel erinnerte sich später an Klara Paschold: Auch sie könnte Erinnerungen an diese Operette haben. Die Frau hatte jahrelang an der Theatergarderobe gearbeitet. Trotz ihrer scheinbar profanen Tätigkeit hatte sie ein umfangreiches Musikwissen, gerade was das regionale Geschehen ausmachte.

Mit Klara Paschold konnte er schon immer gut über Musik sprechen. Werner Zelfel rief an:

„Hallo Klara, schimpf nicht über mich treulosen

Burschen. Ich melde mich nur bei Dir, wenn ich etwas will. So ist es diesmal wieder. Kennst du Gustav Reimann und seine Operette: Zauberhafte Thekla?" Klara Paschold unterbrach ihn:

„Natürlich kenne ich Gustav Reimann und seine Prinzessin. Das war eine besondere Operette. Der Arme hatte so viel Pech, ist ja damals kurz vor Ende des Krieges gefallen."

Werner Zelfel spürte gleich seine innere Aufregung. „Kannst Du mir von ihm erzählen?"

„Gustav Reimann muss ein beeindruckender volksnaher Mensch gewesen sein. Bestimmt hätte er noch mehr komponiert. Aber das Schicksal meinte es nicht gut mit ihm."

„Klara, wir müssen unbedingt über Musik im Allgemeinen und Gustav Reimann im Besonderen reden."

„Machen wir, Werner, Samstag, 15 Uhr, du kommst zum Kaffeeklatsch."

Werner Zelfel war zufrieden mit dem Stand seiner Recherche: Samstag ließen sich bestimmt weitere Lücken in der Biografie von Gustav Reimann schließen.

Bis Freitag band er eine große Leiter auf sein Autodach, um am Sonntagmorgen den oberen Bereich der Schelllackhauswand untersuchen zu können.

„Jeder hat sein Schicksal", an diese Worte dachte er, als Samstagvormittag plötzlich bekannt wurde, dass Klara Paschold verstorben war.

Werner Zelfel wollte es nicht glauben, lief persönlich zu ihrer Wohnung, sah Klaras Tochter aus dem Auto steigen:

„Ja es stimmt, sie ist gestern verstorben. Wir haben unsere Mutter mit einem zufriedenen Lächeln auf dem Stuhl sitzend vorgefunden. Zum Glück musste sie nicht leiden."

Werner Zelfel blieb trotzdem sprachlos. Dieses verrückte Schicksal! „Herzliches Beileid."

„Ich lasse mich nicht entmutigen", dachte er, fuhr Sonntag wie geplant, gegen 7 Uhr mit seiner Leiter vor das Haus, stellte sie so auf, dass er problemlos auch die oberste Schelllacksplitterreihe dieses Kunstprojektes erreichte. Und die befand sich unter dem Dachgiebel.

Werner Zelfel suchte konzentriert, verglich, betrachtete alles mit einem Vergrößerungsglas, wobei er fast das Gleichgewicht verlor – schließlich gelang es ihm, zwei weitere Teile der Schallplatte zu entdecken. Sie waren dicht beieinander, im oberen linken Teil der Hauswand befestigt. Drei Stunden suchte er, dann war seine Sonntagvormittagaktion beendet.

Eigentlich fehlte nur noch ein letztes Teil, dann wäre die einzige, bisher bekannte Schallplatte mit akustischen Erinnerungen an die Operette: „Zauberhafte Thekla" vom Rudolstädter Komponisten Gustav Reimann komplett.

Am nächsten Sonntag werde ich noch einmal suchen, nahm er sich vor.

In der darauffolgenden Woche kam wieder Post von verschiedenen europäischen Musikarchiven. Vermutlich besaß er inzwischen die größte Anzahl an Absagen. In keinem Archiv fand sich eine Tonaufnahme dieser Operette. Das war schon ungewöhnlich.

Werner Zelfel fiel in diesen Tagen ein altes Programmheft mit der Ankündigung von Operettenmelodien in die Hände. Die Veranstaltung lag schon vierzig Jahre zurück, mitgespielt hatte seine Musikerkollegin Anneliese Funke. Im Programm stand ein Musikstück aus Reimanns Operette: „Meine Klarinette spielt für dich allein im Mondenschein". Und die Klarinette spielte Anneliese Funke.

Das war eine Entdeckung ganz nach Werner Zelfels Geschmack. Er griff gleich zum Telefonhörer: „Anneliese, ich muss Dich unbedingt besuchen. Am besten heute noch." Dabei ging ihm durch den Kopf: Nicht, dass Anneliese vorher etwas zustößt.

Und so stand Werner eine Stunde später bei ihr in der Wohnung.

Vorsichtshalber hatte er sein Diktiergerät dabei.

„Anneliese, erinnerst Du Dich noch an das Musikstück, Meine Klarinette spielt für Dich allein im Mondenschein, von Gustav Reimann?"

Anneliese Funke erinnerte sich sofort, wühlte aus einem Schrankschubfach Noten hervor, stellte diese auf den Ständer, nahm die Klarinette, hustete mehrmals, probierte einige Töne – und schon ging es los.

Es war eine weiche, schnell ins Ohr gehende Melodie. Leider kam Anneliese Funke nicht über die erste Strophe hinaus, da sie ein kräftiger Hustenanfall plagte. Endlich konnte sie weiterspielen. Doch seltsam, sie spielte eine andere Melodie und wieder nur bis zu einem nächsten Hustenanfall. Werner Zelfel wurde nervös.

Nach einer Entschuldigung musizierte Anneliese weiter, aber auch diesmal klang es anders. Nach dem vierten Hustenanfall packte sie ihr Notenblatt weg: „Das hat heute keinen Sinn."

Werner Zelfel wollte seine ehemalige Kollegin nicht kränken, war aber davon überzeugt, dass sie aus dem Kopf irgendwelche falschen Melodien gespielt hatte.

Der nächste Sonntagmorgen kam und Werner Zelfel stand auf der Leiter vor der Schellackprojekthauswand. Heute war das Glück auf seiner Seite, schon nach einer Viertelstunde hielt er das letzte fehlende Plattenteil in den Händen. Der Mann jubelte, schwenkte sein Glück wie eine Fahne, verlor dabei sein Gleichgewicht, stürzte nach unten auf die menschenleere Straße, war bewusstlos. Erst in der Notaufnahme kam er wieder zu sich.

„Sie hatten Glück, müssen aber einige Tage im Krankenhaus bleiben", sagte der Arzt im väterlichen Tonfall.

„Wo ist die Schallplatte, ich meine, das Schellackbruchstück?" Der Arzt sprach väterlicher und beruhigte:

„Seien Sie froh, dass nichts Schlimmeres passiert ist. Sie haben am Kopf eine Platzwunde und am Arm diverse Schürfungen."

„Aber das Schellackplattenteil?"

„Sie bekommen jetzt ein Beruhigungsmittel gespritzt, dann können Sie gut schlafen." Der Arzt verabschiedete sich, und Werner Zelfel erhielt eine Injektion zur Beruhigung.

Über sein verlorenes Glück bekam er auch am nächsten Tag keine Auskunft.

Einer Schwester, die ihm besonders vertrauenswürdig vorkam, vertraute er seinen Kummer an.

„Ich war so glücklich, das letzte Teil dieser Schallplatte gefunden zu haben. Schließlich gehört es, der Vollständigkeit halber, zum einzigen Tondokument der Operette Zauberhafte Thekla des Rudolstädter Komponisten Gustav Reimann."

Die Krankenschwester zeigte Verständnis, versprach, nachzufragen, selbst vor Ort zu suchen. Einen Tag später teilte sie ihm mit, dass die Suche erfolglos blieb. Werner Zelfel war so unglücklich, dass er in diesen Stunden den Wunsch verspürte zu sterben. Was hatte das Schicksal mit ihm vor? Sollte die Operette verschollen bleiben?

Er fiel nach der Entlassung aus dem Krankenhaus in eine depressive Verstimmung, konnte erst mit einfühlsamer Hilfe seiner Frau nach Monaten wieder am Leben teilnehmen. Vielleicht lag es auch daran, dass Anneliese Funke ihn eines Tages anrief, mitteilte, sie hätte Noten des Liedes „Ach wie eiskalt ist dein Pflaster – Arie von der großen Liebe in der Kleinen Badergasse" jenes Gustav Reimann.

Ihr tat der Misserfolg des Vorspiels leid, die Frau überlegte, suchte und fand in ihrer Sammlung dieses Lied. Damit wäre bewiesen, dass Gustav Reimann auch Liederkomponist war.

Werner Zelfel besuchte sie, ließ sich das textlose Lied vorspielen, fühlte sich an das Heideröslein von Schubert erinnert – egal, diesmal vertraute er Anneliese.

Überredete sie sogar, wenigstens einmal mit diesem Musikstück aufzutreten. Das geschah im Rahmen der „Rudolstädter langen Nacht der Hausmusik". Alle Zuhörer glaubten an Franz Schubert. Aber dieses Missverständnis musste korrigiert werden. Die Anwesenden hörten den Beitrag „Ach wie eiskalt ist dein Pflaster – Arie von der großen Liebe in der Kleinen Badergasse" des Rudolstädter Komponisten Gustav Reimann. Wahrscheinlich sollte dieser Künstler vergessen werden oder unter Missverständnissen begraben bleiben. Werner Zelfel hatte keine Kraft mehr, sich um seine Neuentdeckung zu kümmern. Vielleicht blieb es späteren musikinteressierten Generationen überlassen.

Das Schelllackglück, das Werner Zelfel einmal in den Händen gehalten hatte, blieb bis auf den heutigen Tag verschollen.

Zuckerkuchen

Es war ein Sonntag Anfang Dezember. Lag es daran, dass in diesem Jahr die falschen Räucherkerzen gekauft wurden? Jedenfalls stieg Peter Daum am Nachmittag, während des gemeinsamen Kaffeetrinkens; besonders viel Qualm in die Nase. Er nieste mehrmals und erklärte anschließend zur Überraschung seiner Familie:

„Dieses Jahr möchte ich Lebkuchen backen, wie vom Bäcker an der Ecke. Ich habe Sehnsucht nach dem Geschmack meiner Kindheit."

„Du willst Lebkuchen backen?", reagierte seine Frau überrascht.

Simone Daum verglich seine Ankündigung mit einem Luftsprung, dessen übertriebene Akrobatik eine schmerzhafte Zerrung nach sich zog. Sie ahnte auch, dass er dann sehr liebesbedürftig sein würde.

Peter Daum blieb dabei: „Warum nicht, ich kann es einmal probieren."

„Okay", fügte sich Simone.

Am Nachmittag begann er in seinen Zettelkästen zu suchen. Nichts. Er verschwand auf dem Dachboden, durchsuchte alle Regale mit Erinnerungen, kam mit einem nach Erfolg aussehenden freudigen Strahlen im Gesicht, in die Wohnung zurück:

„Ich habe das Rezept gefunden. Der Geschmack meiner Kindheit. Ihr werdet begeistert sein. Die Lebkuchen waren nach Nürnberger Art, ohne Schokolade oder einem anderen Guss. Dafür nicht so süß. Damals hatte ich mich nach den echten Nürnbergern gesehnt. Heute ist es umgekehrt."

Simone Daum lächelte, verwies auf den Schrank mit den Backzutaten:

„Bitte sehr, tobe Dich aus. Mal sehen, wie die Lebkuchen von eurem Bäcker geschmeckt haben?"
Seine Augen strahlten, ließen keinen Zweifel daran, dass es einmalige, bisher unwiederbringliche Köstlichkeiten waren. Doch das würde sich ändern.

Peter Daum untersuchte die Backvorräte, die in einem für ihn unbekannten Land lagerten.

„Es geht los", rief er und rieb sich die Hände, als wären diese mit Mehl beschichtet. Simone verließ die Küche.

Peter Daum benötigte Zeit für die Vorbereitungen: Sieb, Schüsseln, Messbecher, Mixer, Löffel, Milch, Mehl waren herbeizuschaffen. Dazu kamen Zitronat, Sultaninen, gemahlene Mandeln. Alles wollte er nicht verraten, da es sich um ein geheimes Rezept handelte.

Er schnaufte, stöhnte manchmal, überlegte, fuhr mit der Hand über die Stirn und dann in den Teig. Jetzt musste dieser ziehen. Peter Daum legte ein Leinentuch über die Schüssel, beendete für heute sein Werk.

„Es ist vorerst vollbracht", rief er aus – aber keiner hörte ihm zu.

„Hallo", tastete er mit diesem vorsichtigen Ruf die Wohnung nach Simone ab. Es war überraschend spät geworden.

Am nächsten Tag, einem Montag, wollte Peter Daum sein Werk vollenden. Er formte die Lebkuchen so, wie die Erinnerung es hergab, schob sie anschließend in die Backröhre des Herdes und wartete die vorgegebene Zeit der Bräunung ab. Dann ließ Peter sie abkühlen, klebte an jeden Lebkuchen noch eine Oblate. Die Reise in die Geschmackswelt seiner Kindheit konnte beginnen.

„Sie sehen so aus, wie vom Bäcker an der Ecke. Das sind sie. Das sind die Gaumenfreuden, welche siebzig Pfennig kosteten. Und ich habe mich immer nach den Originalen aus Nürnberg gesehnt. Ein Irrtum! Das sind die Originale."

Am nächsten Tag, einem Dienstag, begann die Verkostung: Simone probierte das erste Stück, zog den Mund breit: In der Hand hielt sie ein Stück Zahn.

„Den kann man nicht beißen! Peter, du hast Steine gebacken."

Sie schüttelte den Kopf, schrie „Au" und legte den Lebkuchen zurück.

„Der lässt sich nicht beißen. Irgendetwas hast du vergessen."

Peter Daum nahm sich einen Lebkuchen, versuchte ein Stück abzubeißen, bekam gleich das Bröckeln eines linken, oberen Zahnes zu spüren.

„Verdammt!", schrie er und hielt die Hand an die Wange.

„Der Geschmack Deiner Kindheit scheint steinalt." Das zumindest vermutete Simone und lächelte etwas mitleidig.

Peter Daum holte den Zettel mit dem Rezept, las mehrmals, stellte dann wie selbstverständlich fest: „Natürlich, die Pottasche habe ich vergessen."

Da sich die Kindheitslebkuchen auch nicht zum Ditschen eigneten, wurde entschieden, die ganze Pracht wegzuwerfen. Simone tröstete: „Du hast es probiert. Kann doch passieren." Dabei dachte sie: Er muss ja nicht backen, bringt mir bloß die ganzen Zutaten durcheinander.

Am Sonntag verkündete Peter Daum das nächste Backvorhaben:

„Ich werde Zuckerkuchen backen, den Zuckerkuchen meiner Kindheit."

Er suchte nach dem Rezept, fand es ebenfalls in einer seiner Erinnerungskisten auf dem Dachbo- den. Gleichzeitig lagerten da vergessene schwarz-weiß Fotos und alte Briefe mit DDR-Briefmarken. Diesen ganzen Fund trug er in die Wohnung. Simone warf einen besorgten Blick auf die Mitbringsel.

„Und es ist noch mehr oben", kündigte er voll goldenem Glanz in den Augen an.

„Aber, du musst einen neuen Platz für die Sachen finden!"

„Finde ich", versicherte Peter. Dann setzte er sich an den Schreibtisch und begann zu sortieren.

„Wolltest Du nicht Zuckerkuchen backen?", fragte Simone vorsichtig nach.

„Ja, ja, back ich. Und nicht nur das! Ich habe auch die Anweisungen für Brot backen, Zuckerschnecken, Kämme und die berühmten Nonnenfürzchen gefunden."

„Wie, Nonnenfürzchen?"

„Lass Dich überraschen. Es wird viel zu tun geben."

„Aber nicht vor Weihnachten?"

Peter strahlte sie an, hatte alle Fotos und Briefe zu kleinen Häufchen zusammengetragen.

„Schau mal hier auf dem Bild siehst Du meinen Jugendfreund Thomas." Simone wurde sichtlich nervös, winkte ab:

„Ich will jetzt gar nichts sehen! Später kannst du mir die Sachen zeigen. Heute Abend. Aber du willst ja Zuckerkuchen backen."

„Ja, einmal mit und einmal ohne Kakao."

„Wer soll das alles essen?"

„Wir können einen Teil einfrieren."

Simone widersprach nicht, ging allein spazieren. Als sie nach zwei Stunden zurückkam, war etwas in der Wohnung verändert. Zuerst fiel die laute Musik auf.

Peter Daum hatte sich eine Schallplatte, „Greatest Hits" der siebziger Jahre aufgelegt. Dann entdeckte seine Frau das große Plakat mit der Werbung für ein Simson-Moped im Flur.

„Und wo ist der Zuckerkuchen?", fragt sie nach.

„Bin noch nicht dazu gekommen, geht aber gleich los. Du glaubst nicht, was ich alles gefunden habe."

Simone hatte ihre Bedenken gerade nicht im Griff.

„Deshalb musst Du nicht die Wohnung umdekorieren. Also mir gefällt das nicht. Es wäre schön, wenn Du den Flur wieder in den Urzustand versetzen würdest."

Peter reagierte verärgert:

„So eine Erinnerungswand hat doch was. Warum soll ich das Plakat wieder runterholen?"

„Weil ich nicht in einem Museum wohnen möchte." Simone war verärgert.

„Fang doch langsam mit dem Backen deines Zuckerkuchens an!"

In diesem Moment klingelte es. Peter öffnete und ließ einen Freudenschrei hören:

„Mensch, das ist doch Thomas, Thomas Teichmann."

Simone folgte neugierig, sah einen Herrn, etwa gleichalt wie Peter, mit brauner Jacke und Jeans in der Tür. „Komm rein Thomas! Heute erst habe ich ein Foto von dir gefunden!"

Thomas freute sich über die Einladung und saß innerhalb kürzester Zeit auf der Couch, ein Glas Bier vor sich auf dem Tisch.

Die Jugenderinnerung war angekommen. Simone sah die Freude ihres Mannes, fühlte aber so etwas wie Überforderung. Die Erinnerungen überschlugen sich in letzter Zeit. Genau vor einer Woche hatte alles angefangen. Und nun folgt ein Ereignis auf das nächste.

Thomas schaute sich um, äußerte sein Wohlgefallen.

„Bist bürgerlich geworden, alter Freund. Aber schön! Hast eine hübsche Frau!"

„Und Du?"

Er winkte ab: „Bin geschieden. Ramona und ich haben damals nicht geheiratet. Hatte Franziska kennengelernt. Aber das ging auch nicht gut. So ist das nun mal. Da lebe ich als glücklicher Junggeselle."

Simone verzog sich, denn die beiden schwelgten ausgiebig in Erinnerungen. Mit dem Zuckerkuchen, das wird wohl heute nichts mehr, dachte sie.

Dabei standen alle Schüsseln, das Sieb und der Messbecher bereit. Simone entschied sich für einen Spontanbesuch bei ihrer Freundin.

Als sie am späten Abend nach Hause kam, saß Thomas, der Überraschungsbesucher, auf dem gleichen Platz. Es roch nach Bier und Rauch. „Thomas ist Raucher, hat aber immer vor der Haustür geraucht", versicherte Peter.

„Nur nicht aufregen", dachte Simone und verabschiedete sich zum Schlafen. Es musste gegen Mitternacht gewesen sein, als sie immer noch Stimmen hörte. Am nächsten Morgen, es war Montag, sah sie ihrem Peter den wenigen Schlaf an. „Es war aber schön, dass Thomas hier auftauchte. Es gab viel zu erinnern."

„Und Dein Zuckerkuchen?"

„Das wird am nächsten Wochenende. Wir haben ja noch etwas Zeit bis Weihnachten."

Am nächsten Wochenende war der dritte Advent. Freund Thomas stand aber Mittwoch zuvor wieder in der Tür.

Diesmal sah er nicht gut aus. Simone überlegte, stellte fest, dass es nicht nur an seinem blassen, schmalen Gesicht mit dem etwas ungepflegten Schnurrbart liegen konnte. Er hatte ein braun kariertes, in den Farben ziemlich verwaschenes Hemd an, dazu jenen Typ Jeans, deren ebenfalls abgetragener Zustand nicht unbedingt mit dem modischen Trend begründbar war.

„Hallo Peter, ich habe Dir ein paar Fotos mitgebracht. Hast du ein Stündchen Zeit?"

Peter Daum nahm sich die Zeit, obwohl er sie nicht hatte, und aus der einen Stunde wurden zwei. Simone ging diesmal nicht zu ihrer Freundin, sondern werkelte in der Schlafstube an einem Geschenk herum. Packte außerdem alle bereits vorhandenen Geschenke für Kinder und Enkel ein, schrieb dazu fünf Weihnachtskarten. Nach den zwei Stunden fragte sie, wann das Abendbrot geplant wäre. Und Thomas blieb zum Abendbrot, machte über Ramona schlüpfrige Witze und schimpfte auf Franziska.

Bevor er wirklich ging, musste Simone mehrmals bemerken, dass sie so kurz vor Weihnachten noch einiges zu tun hätten. Außerdem befand sie, dass Thomas heute besonders nach Rauch roch.

„Peter, schön und gut mit Eurer wiederentdeckten Jugendfreundschaft, aber Du könntest seine Anwesenheit zeitlich etwas eingrenzen. Außerdem finde ich nicht in Ordnung, wie er von Beziehungen spricht:"

„Okay, schon gut. Freitagabend hat er mich eingeladen. Ich bin gespannt, wie Thomas wohnt. Außerdem fragte er, ob ich ihm etwas Geld leihen könne." „Und, hast du ihm was geliehen?"

„Etwas, ja. Soll aber bei dieser einmaligen Unterstützung bleiben."

„Du wolltest doch aber Zuckerkuchen backen?"

„Mach ich doch auch am Wochenende."

Und Peter Daum küsste seine Frau so lange, wie er sie schon lange nicht mehr geküsst hatte.

„Wie früher, weißt du noch."

Simone wich zurück: „Ist der Kuss jetzt deinem Erinnerungskult geschuldet?"

„Ja, wie früher – nein, natürlich nicht. Ich liebe dich, Simonchen."

Simonchen aber hat an diesem Abend kein weiteres Interesse an Retro-Liebesbekundungen. Während sie beabsichtigte, sich mit dem Fernsehprogramm abzulenken, saß ihr Mann mit einer Kiste alter Briefe auf der Couch.

„Mensch, sogar von Karla ist ein Brief dabei. Und aus den Siebzigern gibt es Briefe von Gerd – den kennst Du auch."

Simone blieb irritiert und fragte: „Und von Thomas?"

„Ja, von Thomas habe ich noch viele. Der hatte lange Briefe geschrieben. Aber lange Briefe sind Vergangenheit."

Am Freitagabend verschwand Peter zu seinem zurückgekehrten Freund Thomas, musste Simone aber vorher versprechen, nicht wieder Geld an ihn zu verleihen.

Es wurde spät, bis Peter zurück nach Hause kam. Er war auffällig rot im Gesicht und roch nach Bier. Simone sprach kein Wort, wich genervt seinen alkoholhaltigen Zuneigungen aus.

Am Samstag entschied Peter Daum, Nonnenfürzchen zu backen.

„Du wolltest doch aber ..."

„... den Zuckerkuchen backe ich zu Weihnachten. Das ist etwas ganz Besonderes. Sozusagen Kinderzeit live."

Peter hatte vor Begeisterung rote Wangen. Seine Hände waren mit Mehl eingerieben. So begann er viele Kugeln aus einem kakaohaltigen Teig zu kneten. In die Mitte jeder Kugel kam eine Haselnuss.Heute gelangen ihm die gewünschten Plätzchen. Simone war begeistert und versöhnt:

„Und, schmecken Deine Nonnenfürzchen wie früher."

Peter wiegte seinen Kopf hin und her: „Etwas. Der Originalgeschmack war schon noch anders, nicht ganz so süß. Aber Puderzucker war auch darauf."

„Für Weihnachten, wenn die Kinder kommen, heben wir Einige auf." Peter reagierte mit gedämpfter Stimme:

„Thomas wollte ich nächste Woche auch welche anbieten." Simone hielt im Verkosten der Nonnenfürzchen inne:

„Kommt er nächste Woche schon wieder zu Besuch?"

„Ja, da soll er mein Brot probieren, das ich morgen backe. Den Teig bereite ich heute noch vor. Brot, wie vom Bäcker an der Ecke."

Simone sagte nichts mehr, hoffte, das letztlich alles irgendwie erträglich werden würde.

Peter knetete noch am Abend den Teig. Dabei sah die Küche wirklich wie eine Backstube aus – vielleicht wie die von einst.

„Der Bäcker stand in seiner Backgrube vor dem Ofen und schob die Brote darinnen hin und her. Für mich als Kind total beeindruckend."

Sonntag waren drei Brote gebacken, die Küche wieder aufgeräumt und Peter zufrieden.

Dienstag kam dann Thomas, erzählte schlüpfrige Witze von Ramona, schimpfte auf Franziska, probierte sowohl die Nonnenfürzchen als auch das Brot.

„Das schmeckt tatsächlich wie früher!"

Thomas Teichmann aß mit solchem Appetit, als hätte er drei Tage nichts zu essen bekommen.

Danach verschwanden beide Männer wieder, diesmal im Arbeitszimmer.

Thomas sah heute noch blasser, noch dünner aus. Das braune Hemd schien verwaschener, die Jeans tatsächlich kaputt und die Wohnung durchzog ein Geruchsgemisch aus Schweiß und Rauch.

Freitag besuchte Peter noch einmal seinen Freund Thomas und am vierten Advent suchte er stundenlang auf dem Dachboden herum. Trug immer wieder Dinge ins Arbeitszimmer, Bücher, Porzellanuhus als Rauchverzehrer, eine auffällig eingestaubte weihnachtliche Spieluhr, etliche gerahmte Strohbilder, eine Kiste mit vergilbten Zeitschriften. Deren Anwesenheit sorgte für eine sich anbahnende Ehekrise, denn Simone wurde es, so kurz vor Weihnachten, zu viel Staub in der Wohnung.

Sie schlug die Hände zusammen, gab einen kurzen, eindringlichen Schrei der Entrüstung von sich, konnte nur mit heiserer Stimme fragen:

„Und dein Zuckerkuchen?"

„Der wird zu Weihnachten gebacken."

Auffällig war, dass Thomas in der Woche vor den Feiertagen nicht zu Besuch kam. Es roch weder nach Rauch noch Schweiß in der Wohnung.

Am 23. Dezember begann Peter mit den Vorbereitungen für seinen geheimnisvollen Zuckerkuchen.

„Es wird ernst", kündigte er das Backerlebnis an. Simone lächelte, meinte nur, „Die Kinder kommen am ersten Feiertag".

Das eigentliche Backen begann am Vormittag des vierundzwanzigsten Dezembers, denn Peter plante, als Bescherung Zuckerkuchen zu präsentieren. In der Küche entstand ein unberechenbares Chaos. Mehl war auf den Fußbodenfliesen verteilt. Ein riesiger Berg an benutzten Schüsseln, Geschirr und anderen Dingen türmte sich als Abwasch.

Peters Augen glänzten kindlich, so wie kurz vor der Bescherung. Und es sollte nicht mehr lange dauern bis zur feierlichen Präsentation seines Zuckerkuchens, hergestellt nach dem Rezept vom Bäcker aus der Kinderzeit.

„Das wird eine kulinarische Zeitreise", kündigte er das bevorstehende Ereignis an. Simone hatte den Tisch in der Stube feierlich gedeckt, die Beleuchtung am Baum angeschaltet. Die Kerzen leuchteten bereits, da klingelte das Telefon.

Simone prüfte irritiert die eingehende Telefonnummer, schüttelte den Kopf und meinte: „Die kenne ich nicht. Wollen wir jetzt rangehen?"

Peter hatte den Telefonhörer bereits abgenommen.

Sein Gesicht verfinsterte sich. Er wirkte plötzlich sehr aufgeregt und Simone hörte Worte wie: „Das kannst Du nicht machen! Beruhige Dich! Sprech Dich aus! Heute nicht, Thomas!"

Als Simone gerade verärgert eine Kanne Kaffee brachte, stellte Peter das Telefonat laut. Sie erkannte sofort die Stimme von Thomas.

„Peter, ich wollte mich verabschieden, denn heute bringe ich mich um. Das Leben ist nicht mehr auszuhalten."

Simone stellte erschrocken die Kaffeekanne auf den Tisch.

„Was ist denn los?"

Ihr Mann winkte ab, gab zu erkennen, dass er sich mit dem Telefon zurückziehen würde.

Simone protestierte: „Heute ist Weihnachten und ich freue mich schon so auf Deinen Zuckerkuchen."

Wieder die schwermütige Stimme aus dem Telefon: „Es hat keinen Sinn mehr, ich bringe mich jetzt um. Lebt wohl!" Peter stellte leise, verschwand im Nachbarzimmer.

Simone lief hinterher: „Nicht jetzt. Nicht heute. Dein Freund spinnt. Er versaut uns Weihnachten!" Zehn Minuten ließ sie ihrem Mann zwecks Telefonseelsorge. Pünktlich kehrte dieser zurück, legte das stumme Telefon auf die Station, erklärte: „Ich rufe jetzt die Polizei, schicke sie zu Thomas Etwas Anderes geht nicht. Das ist ein Hilferuf."

„Will der sich wirklich umbringen?"

Peter überlegte: „Dazu müsste er nicht anrufen. Ich glaube, da steckt Unzufriedenheit dahinter. Eben Weihnachten." Er fügte hinzu: „Ernst nehmen müssen wir es." Simone wurde wütend:

„Eben Weihnachten. Weihnachten kann auch frischer Zuckerkuchen bedeuten." Peter Daum informierte die Polizei, schickte sie zu seinem Freund Thomas.

Simone und Peter Daum spürten die angekratzte Stimmung. Sie tranken ein Glas Rotwein. Der Zuckerkuchen stand unangerührt in der Küche, scheinbar vergessen, nicht in diesen Abend passend.

Sie warteten und Simone stellte den Plattenspieler wieder aus. Peter hatte extra eine Schallplatte von früher herausgesucht, sechziger Jahre DDR-Weihnachten.

Das Telefon klingelte. Peter nahm aufgeregt den Anruf entgegen und stellte gleich laut damit Simone mithören konnte. Es war wieder die Stimme von Thomas. Diesmal schrie er wütend in den Hörer: „Du Schwein, schickst mir die Bullen in die Wohnung. Du bist ein Verräter!"

Das Gespräch brach ab. Simone und Peter tranken ein zweites Glas Rotwein.

Er flüsterte: „Der Abend ist versaut."

„Nein, nein, Du hast richtig gehandelt", übernahm Simone die häusliche Seelsorge. Wieder klingelte das Telefon. Diesmal war es die Polizei.

„Wir brauchen noch einige Angaben."

Peter machte diese Angaben, erzählte, was er von seinem alten Jugendfreund Thomas wusste. Danach rief er mit trotziger Stimme mitten in die angekratzte weihnachtliche Stimmung: „Trotz alledem!", stand auf, lief in die Küche, schnitt dort den Zuckerkuchen; der immer noch ofenwarm schien, verteilte die einzelnen Stücke auf einem Teller und trug diesen feierlich in die Wohnstube. Dann küsste er Simone, wünschte ihr mit gedämpfter Stimme: frohe Weihnachten.

Sie fand den Zuckerkuchen hervorragend. Später wollte Simone, dass Peter doch die Schallplatte von früher abspielen sollte. Nachdem „Stille Nacht", verklungen war, klingelte noch einmal das Telefon, so, als hätte es diesen Moment abgewartet. Wieder war es die Polizei.

„Wir müssten doch noch bei Ihnen vorbeikommen und alles zu Protokoll nehmen."

So saßen eine Stunde später, am Heiligen Abend, zwei gut gelaunte Polizisten in der Wohnstube von Ehepaar Daum, nahmen die weihnachtlichen Ereignisse zu Protokoll.

Peter und Simone erfuhren bei dieser Gelegenheit, dass Thomas in eine psychiatrische Klinik gekommen war. Vorläufig.

„Nein, Simone, ich werde ihn dort nicht besuchen. Das Ganze braucht Zeit. Er braucht Zeit." Es war kurz vor Ostern, als er sich wieder telefonisch meldete.

„Thomas okay, einmal im Monat, kannst Du uns besuchen. Einmal im Monat." Seltsam, Thomas ließ sich nicht mehr blicken.

Er blieb verschwunden. Geblieben war das alte Rezept vom Zuckerkuchen. Und wenn ihn die Backmuse küsste, hauchte Peter Daum dieser Köstlichkeit seiner Kindheit wieder Leben ein.

Der Lindwurm

Die folgende Erzählung führt in das Jahr 1965. Einmal in der Woche ging Franz Thamm mit seinem Sohn Hans in die Schneiderwerkstatt von Ernst Riege an dessen Werbeschaukasten vorbei, acht Treppen hinauf. Hinter einer kunstvoll gezimmerten Holztür fand die Vorfreude von Hans ihre Erfüllung. Er betrat mit seinem Vater eine wundersame Welt, das Reich der Stoffe, Zwirne, Knöpfe, Nadeln. Sah die zwei Nähmaschinen, die mit ihren metallenen, schwarzen Körpern den Mittelpunkt der Werkstatt bildeten. Es dauerte nicht lange, und sie begannen schnurrend zu arbeiten.

Franz Thamm half hier einmal die Woche beim Schneidern aus und Hans sollte sich in dieser Zeit selbst beschäftigen. Das war kein Problem, denn der Junge hatte das Gefühl, alles im Raum, mit Ausnahmen der Nähmaschinen und Bügeleisen, nutzen zu dürfen. Bedingung war auch, den arbeitenden Männern keine Fragen zu stellen. Herr Riege saß auf einem großen, schweren Holztisch am Fenster, so wie Hans den Berufsstand der Schneider aus dem Märchenbuch kannte. Der Tisch schien alt. Seine braune Oberfläche zeigte viele Narben, Hinweise auf ein erfülltes Leben. Schneidermeister Riege schien dem Tisch verwandt, denn Hans schätzte ihn auch auf mindestens hundertfünfzig Jahre. Und erlebt haben musste er schon viel, denn, wenn die Arbeit ruhte, erzählte er mit einem vergnügten Leuchten in den Augen aus längst vergangenen Zeiten.

Die dicken Bücher im Regal: sie hatten alle einen braunen, ledernen Einband, im Inneren viele Bilder: Die mussten mindestens genauso alt sein wie der Schneidermeister selbst. Besonders das große Jagdbuch gefiel Hans. Das schaute er sich am längsten an. Zuerst suchte er darin die Bilder von den berittenen Jägern. Die vielen Pferde hatte er ins Herz geschlossen, gab jedem einzelnem Tier einen Namen, dazu passende Abenteuer, formte so kleine Geschichten im Kopf.

Er durfte auch Maßbänder, unbenutzte Stoffreste und Knöpfe in sein Spiel einbinden. Die größte Freude bereitete das kleine Radio, in dessen Inneren sich eine Spieluhr verbarg. Betätigte er die seitlich angebrachte Kurbel, ertönte eine fröhliche Gassenhauermelodie. Allerdings war der Grad der Fröhlichkeit von seiner Kurbelgeschwindigkeit abhängig. Dazu sang er selbst ausgedachte Texte.

Der alte Schneidermeister protestierte nicht, akzeptierte geduldig die schräge kindliche Beschallung. Nur sein Vater schimpfte, wenn er im Raum war. Zum Glück arbeitete er aber oft im Nachbarzimmer.

In die Welt des Schneiders Ernst Riege gehörten knarzende Holzdielen, das filigrane Surren der Nähmaschinen und der schwere Geruch der Stoffe. Dieser löste sich in Wasserdampf auf, wenn über die jeweiligen Stoffe zischend hinweggebügelt wurde. Ansonsten war es still. Gesprochen wurde während der Arbeit kaum. Zum Feierabend winkte der Schneidermeister den Jungen lächelnd zu sich, öffnete eines der Fächer unter dem Tisch und schenkte ihm kleine Erinnerungen aus alter Zeit. Das waren vergilbte Ansichtskarten, ein Geldschein mit dem Kopf des Kaisers, farbige Knöpfe oder ein Stück Stoff. Einmal bekam er auch ein hundertfünfzig Jahre altes Buch, in dem Pferde abgebildet waren.

Das Wertvollste jedoch schien Hans der große Spiegel im Ankleidezimmer zu sein. Dieser hing in jenem Nachbarraum, den Hans lange Zeit nicht betreten durfte. Nur wenn es klingelte, Kundschaft eintraf, der Schneidermeister hineinging, sah er kurz den geheimnisvollen Spiegel, der mit seinem dunklen Rahmen etwas Besonderes darstellte. Dann mussten Vater und er still sein. Auch das Singen selbstgedichteter Lieder war nicht erlaubt. In der Schneiderwerkstatt stand ebenfalls ein auffälliger Spiegel mit dunkelbraunem Holzrahmen. Doch der war kleiner und schien seinem Bruder im Ankleidezimmer längst nicht ebenbürtig. Manchmal saß die Frau von Ernst Riege mit in der Werkstatt. Eine kleine Frau, die ihren Platz in einem Schaukelstuhl neben dem Ofen hatte.

Eines Tages blieb der Stuhl leer. Ja, er wurde sogar hinausgetragen. Frau Riege war verstorben. Einige Wochen besuchte der Vater den Schneider allein. Dann durfte Hans wieder mitkommen.

Wie immer schaute der Junge gleich nach dem großen Jagdbuch mit den Bildern der berittenen Jäger. Ja, es lag am gleichen Platz. Freudig begrüßte er alle Tiere mit Namen, zählte durch – ihre Zahl stimmte noch. Hin- und wieder schaute er zu Herrn Riege. Der saß schweigend auf seinem Tisch, ein großes Stück Stoff auf dem Schoß.

Gleichmäßig schwang er, wie ein Dirigent, die Nadel mit ihrem langen Zwirnsfaden in die Luft. Der Vater ließ eine der Nähmaschinen surren. Das tägliche Konzert schien zu beginnen.

Plötzlich stieg der Schneider von seinem Tisch herunter, kam auf Hans zu, fragte, ob er etwas Besonderes sehen wolle. Was konnte das nur sein, wo es hier schon genug Besonderes gab? Der Mann nahm ihn tatsächlich mit ins Ankleidezimmer, in den Raum, den Hans bisher nie betreten durfte. Ihm wurde schwindelig vor Aufregung. Vorsichtig schaute er sich in diesem bisher verbotenen Paradies um, sah verschiedene Kleidungsstücke, über mehrere Schneiderpuppen faltenlos gebreitet. Fantasiegebilde ohne Beine, dafür auf einem Drehständer stehend. Das also waren die Bewohner dieses Paradieses, dachte Hans.

Hier lagen keine Stoffreste, Knöpfe oder Schnittbogen, übriggebliebene Borden und Samtstreifen auf dem Fußboden. Hier herrschte eine ehrwürdige Ordnung. Als Hans unerwartet niesen musste, glaubte er, ein Sturm stürze diese Ordnung ins Chaos, und Herr Riege würde ihn endgültig aus dem Paradies verweisen. Doch nichts dergleichen passierte. Niesen schien erlaubt.

Ernst Riege forderte den Jungen nach einer Weile auf, in den Ankleidespiegel zu schauen. Zu seiner Überraschung sah Hans kein Spiegelbild. Er drehte den Kopf, stellte sich auf die Zehenspitzen – aber da war nichts! Auch Herrn Riege sah er nicht darinnen. Unsicher schaute er zum Schneidermeister, dessen bedeutungsvolles Lächeln ihn beruhigte.

So tat er es diesem gleich, blickte abwartend auf das noch fehlende Spiegelbild. Nach einer Weile erklärte der Schneidermeister:

„Hans, schau genau hin! Siehst du nicht die Berge? Da sind doch Berge und der mit dem kleinen Häuschen obendrauf ist besonders groß. Siehst du es?"

Hans gab sich Mühe, die angesprochenen Berge im Spiegel zu entdecken.

Ihm tränten schon die Augen, doch dann sah er sie, die Berge, ja, sogar den Großen mit dem Häuschen obendrauf.

„Das ist die Schneekoppe. Und das Gebirge heißt Riesengebirge. Meine Heimat." Auf den Gipfeln der Berge lag Schnee. Hans begann zu frieren.

Dieses Bild vom Gebirge gefiel ihm. Es wurde nur so kalt im Raum, dass er die Hände bald nicht mehr spürte. Daher meinte Herr Riege bald:

„So, genug, Dein Vater möchte Feierabend machen. Und Deine Mutter wartet bestimmt auf euch."

Hans verließ die Wunderkammer, kam zurück und wurde vom Vater ungeduldig aufgefordert:

„Nun aber schnell, wir müssen doch nach Hause."

In der Nacht lag Hans lange wach, dachte immer wieder an das Gebirge im Spiegel. Wie kam dieses Bild da hinein? Der Junge sah Menschen auf die Berge steigen und erlebte den bissigen Atem von aufkommenden Stürmen. Ob das nun schon ein Traum war, konnte er nicht mehr sagen.

Eine Woche später begleitete der Junge seinen Vater wieder in die Schneiderwerkstatt. Noch bevor die Männer mit ihrer Arbeit begannen, fragte Hans: „Wie kam denn alles in den Spiegel?"

Ernst Riege, der sich gerade über einen Schnittbogen beugte, sah auf, überlegte und versprach: „Wenn wir fertig sind, und es ist etwas Zeit, gestatte ich Dir wieder einen Blick."

Hans konnte sich nicht auf sein sonstiges Schneiderweltspielzeug konzentrieren, schaute immer wieder zur verschlossenen Tür des Ankleidezimmers, als wäre es Weihnachten und in dem Raum erwarte ihn eine märchenhafte Bescherung.

Die Zeit wollte nicht vergehen. Selbst das große Buch mit den Jagdbildern ließ er heute liegen, beobachtete ungeduldig den Schneidermeister, wartete, dass dieser ihm ein Zeichen zum Aufbruch gab.

Zum Glück wollte der Vater, wie er sagte, mit ein paar Stichen ein Kleidungsstück fertig nähen. So fand Herr Riege Zeit für Hans.

Heute war dem Jungen das Paradies schon vertraut. Er stellte sich vor den Spiegel ohne Spiegelbild, wartete auf neue Bilder. Schon bald begann das ungewöhnliche Schauspiel, tauchte ein großer Platz aus der Leere, an dessen Rand ein besonders auffälliges Gebäude mit Turm stand.

„Das ist das Rathaus, und der Platz nennt sich Ringplatz. Siehst Du in seiner Mitte den schönen Brunnen mit der Figur des Berggeistes meiner Heimat, Rübezahl genannt? Dazu seine ganzen hilfreichen Zwerge. Ist das nicht wie ein Wunder?"

Hans glaubte, wieder in eine Märchenlandschaft zu blicken, sah Leute geschäftig hin und her laufen, Autos von früher und Pferdekutschen.

Ernst Riege erklärte ihm: „Diese steinernen Ge-
wölbe vor den Läden nennt man Lauben. Sie
bieten Schutz vor Sonne und Regen. Und auch
Schnee!"

Hans freute sich, dass es viele Pferde auf diesem
Platz gab. „Ist das eine Märchenstadt?"

„Nein, nein, meine Heimat: Trautenau heißt diese Stadt. Mit ihr verbindet sich eine uralte Sage.
Hier lebte vor tausend Jahren ein großer Lindwurm. Aber den zeige ich Dir das nächste Mal.
Dein Vater möchte nach Hause."

Hans ärgerte sich über seinen ungeduldigen Vater, bettelte, den Lindwurm sehen zu dürfen. Doch
Ernst Riege wischte mit der Hand über den Spiegel und der große Platz verschwand.

In der nächsten Woche war Hans krank, eine
Grippe fesselte ihn ans Bett. Wie gern hätte er im
Ankleidespiegel des alten Schneidermeisters die
Geschichte vom Lindwurm beobachtet. Aber er
musste erst gesund werden.

Nach zwei Wochen durfte er wieder mit zum
Schneidermeister Riege. Dieser versprach für
später einen Blick in den geheimnisvollen Ankleidespiegel.

„Da sehen wir den Lindwurm?", fragte Hans vorsichtig. Ernst Riege lächelte nachdenklich, antwortete kurz: „Warten wir bis zum Feierabend."

Dann hielt er einen Ärmel, ein grünes Kleidungsteil
mit großen Nähten, in den Händen, der vielleicht
zu einer Jägeruniform gehörte.

Die Zeit bis zum Feierabend wollte nicht vergehen. Hans Vater musste noch an einer Jacke etwas ändern.

Der Schneidermeister bat den Jungen freundlich, ihm wieder zu folgen.

Schweigend standen sie vor dem stolzen Ankleidespiegel, welcher wie ein ausgeschalteter Fernseher ohne laufendes Programm wirkte. Ein, zwei Minuten dauerte es, bis wieder Bilder erkennbar wurden. Dem wartenden Blick von Hans präsentierte sich jetzt ein großes langes Fabelwesen, eine Schlange, die sich schwer und massig über den Boden bewegte. Das Tier hob seinen wuchtigen Kopf, schnaufte bedrohlich ins Bild.

Es war größer als die Menschen, die gegen ihn kämpfen wollten. Viele mit großem Mut, den Vorteil auf ihrer Seite.

Hans sah genau, wie die Männer an den Bäumen Schlingen befestigten, diese an Seilen zur Höhle hinunterließen. Vor der Höhle lag ein totes Lamm als Köder. Es gelang, den Lindwurm in diese Falle zu locken, sodass er schließlich getötet wurde. Schneider Riege wischte danach mit seiner Hand über die Scheibe des Spiegels und das Schauspiel war beendet.

Beim Hinausgehen glaubte der aufgeregte Junge, das Schnaufen des Lindwurms hinter einem der Stoffregale zu hören. War das Ungetüm doch noch am Leben?

Den Besuch des Paradieses mit seinem geheimnisvollen Spiegel setzte der Schneidermeister, auch in der nächsten Woche an das Ende des Arbeitstages.

Im Dämmerlicht des Raumes glaubte Hans erneut, die Nähe des fauchenden Lindwurmes wahrzunehmen. Als sich eine der Schneiderpuppen zu drehen begann, war sich der Junge sicher: Das schreckliche Tier ist in der Nähe. Dem Schneidermeister verschwieg er seine Angst.

Im Spiegel passierte diesmal nichts Aufregendes: Es schneite, und wenn Hans genau hinschaute, sah er Leute Ski fahren.

„Alle sind mit viel Schnee im Winter groß geworden. Dort siehst Du mich als Jungen mit zehn Jahren. Für uns Kinder war es das Schönste, draußen zu sein. Da spürte man den böhmischen Wind. Die Alten sprachen vom Atem des Berggeistes Rübezahl."

Hans fror, hatte heute nicht die richtige Konzentration, wunderte sich, dass der Schneidermeister jenes Fauchen nicht hörte.

Dann schaute sein Vater zur Tür herein, meinte: „Ich bin fertig, wir müssen gehen."

Mit einer erneuten Handbewegung erloschen die Bilder im Spiegel und Hans war froh, den Raum verlassen zu können.

In der nächsten Nacht hatte er einen schlimmen Traum: Der alte Herr Riege wurde von dem großen Lindwurm gefressen.

Leider ging der Vater einige Wochen nicht in die Schneiderwerkstatt, meinte, Herr Riege wäre krank und außerdem sei Sommer, wo es im Garten zu tun gäbe.

Hans sorgte sich, träumte immer wieder, dass der Lindwurm den Schneidermeister gefressen hat.

„Er muss aufpassen, sonst frisst ihn der Drache", warnte Hans einmal. Doch der Vater lachte nur. „Du solltest nicht so oft in den großen Spiegel schauen."

Es vergingen zwei Monate, und endlich kündete der Vater einen nächsten Besuch in der Schneiderwerkstatt an. „Ich muss ihm bei der Fertigstellung eines eiligen Auftrages helfen. Wenn du möchtest, komm mit."

Hans kam natürlich mit. Wie hatte er doch auf diesen Tag gewartet! Langeweile gab es für ihn dort nicht, nur die Ungeduld war da. Die Männer arbeiteten diesmal sehr lange, so dass es spät wurde und der Vater nicht wollte, dass die beiden noch in den Spiegel schauten.

Wieder vergingen einige Wochen bis zum nächsten Besuch. Da hatte der Schneidermeister zwei Geschenke für den Jungen: das Buch von der Jagd und das Radio mit der Leier an der Seite, mit jener Spieluhr, zu deren Klang Hans selbstgedichtete Verse gesungen hatte.

„Doch, doch, Du kannst beides behalten", drängte Herr Riege gegen den Zweifel von Hans.

„Du hast so schöne Lieder zu der Melodie der Spieluhr gedichtet. Und die Pferde im Buch hören nur auf Dich."

Dann ging er mit dem Jungen ins Ankleidezimmer, um vor dem großen Spiegel auf neue Bilder zu warten. Diesmal war das Fauchen des Lindwurmes besonders laut zu hören. Alle Schneiderpuppen drehten sich, als hätte sie eben jemand angestoßen, aber Ernst Riege schien davon nichts mitzubekommen.

Im Spiegel sahen sie diesmal keine Bilder. Der Schneidermeister konnte noch so oft mit seiner Hand über die Fläche wischen, sie blieb leer.

Er murmelte einige unverständliche, aber ernste

Worte, erklärte dann, zu Hans gewandt: „Das wird wohl nun nichts mehr. Die Zeit ist vorbei."

Hans bekam Angst, fragte besorgt:

„Hören sie nicht das Fauchen des Lindwurmes? Er ist hier im Raum und wird sie fressen."

Ernst Riege lächelte, sah dabei fast durchsichtig aus. Seine Augen leuchteten nicht mehr vergnügt und der Rücken schien gebeugter.

„Gehen wir wieder hinaus", seine Stimme klang müde.

Drei Tage später erfuhr der Junge vom Vater, dass Schneidermeister Ernst Riege plötzlich verschwunden war.

„Das ist ein Rätsel, keiner weiß, wohin er gereist ist", behauptete der Vater.

Einige Tage später war er auffällig traurig, murmelte nur: „Schneidermeister Ernst Riege ist im Wald tot aufgefunden worden."

Für den Sohn war klar, dass der Lindwurm dahinter steckte. Der Schneidermeister war ihm zum Opfer gefallen.

Der Vater ging ein letztes Mal in die Werkstatt. Er holte einige persönliche Dinge heraus, auch ausgewählte Stoffe für unvollendete Kleidungsstücke, dazu Knöpfe und Nadeln, diverses Schneiderwerkzeug.

Hans sah die geöffnete Tür des Ankleidezimmers, dachte an die vielen Bilder im Spiegel, die ihm der alte Schneidermeister hatte zeigen können. Niemand würde seinen Geschichten glauben. Er war davon überzeugt, der Lindwurm hatte den Schneidermeister entführt und getötet.

Hans blieb die Erinnerung.

Nur einmal, einige Jahre später, hörte er draußen im Wald wieder dieses sonderbare Fauchen aus dem Ankleidezimmer. War der Lindwurm in der Nähe? Oder schickte Schneidermeister Ernst Riege einen Gruß?

Brausepulver

Arthur Eberlein erlebte, wie man es später nannte, eine glückliche Kindheit. Er fand im Haus und auf der Straße viele Freunde zum Spielen. Manchmal spielten sie sogar um Geld. Ihre gesparten Pfennige wurden gegen eine Hauswand geworfen, und lag das eigene Pfennigstück der Hauswand näher als die anderen, durfte man alle Geldstücke behalten.

Arthur Eberlein hatte dabei oft Glück. Und so kamen schnell mal zehn Pfennig zusammen. Mit denen kaufte er sich im nahegelegenen Konsum eine Schaumwaffel oder zwei Gummischlangen oder eine Tüte Brausepulver. Das schleckte er dann von seiner Handfläche, nachdem alle Spiele beendet waren.

Die Zeit verging, er wurde älter und Brausepulver aus dem Konsum war kein Thema mehr. Auch wurde der Laden geschlossen, da er zu klein war. Brausepulvertüten gab es nicht mehr, weil sie ebenfalls zu klein geworden waren.

Doch Arthur Eberlein erlebte ein spätes kindliches Glück: Eine nichtgeöffnete Zehn-Gramm-Tüte, Marke Fruchtgeschmack blieb ungeöffnet in einer Küchendose liegen. Das war seinem ersten Umzug geschuldet.

Als er, nach dem zweiten Umzug, diese Dose aus einer abgestellten Kiste holte, fand sich das Tütchen Brausepulver wieder. Arthur, inzwischen Ende zwanzig, staunte über den Überraschungsfund im Retro-Design und auch über den Umstand, dass das Tütchen ungeöffnet war. Da steckte schäumende Kindheit drin, denn sofort fing seine Erinnerung an zu sprudeln.

Nein, das bleibt alles so, wie es ist, beschloss er und legte die Tüte in ein hinteres Schrankschubfach, damit sie niemand fand.

Arthur hat sie danach leider auch nicht wieder gefunden. Die Tüte wurde längere Zeit vergessen, denn es gab vorübergehend Wichtigeres. Arthur war inzwischen in Linda verliebt, heiratete sie, und beide planten, in eine größere Wohnung zu ziehen. Der dritte Umzug. Linda war zu diesem Zeitpunkt schwanger. Sie erwartete einen Jungen, der später den Namen Otto bekam. Während des Ausräumens der Schränke, entdeckte Linda Eberlein die ungeöffnete Tüte Brausepulver.

„Willst du die aufheben?"

„Ja, die hebe ich auf."

„Du hebst aber alles auf."

Arthur nahm das Brausepulver mit in die neue Wohnung.

Diesmal achtete er sehr darauf, dass es einen Platz fand, den er in Erinnerung behielt. Das Brausepulver, zwar längst über das Verfallsdatum, aber ungeöffnet und aus seiner Kinderzeit stammend, musste aufgehoben werden. Da steckte der alte, inzwischen ausgestorbene Geschmack drin. Linda schüttelte den Kopf und ließ die Sache auf sich beruhen.

In der Zeit als Otto geboren wurde, schien das Brausepulver wieder in Vergessenheit zu geraten. Doch Arthur vergaß es diesmal nicht. In stillen Momenten holte er die Tüte aus ihrem Versteck, strich feierlich mit den Händen darüber, musste das Retro-Design immer wieder mit glänzenden Augen anschauen.

„Du bist etwas ganz Besonderes! Das versteht aber niemand!"

In einer Nacht träumte er sogar von seiner kleinen Tüte Brausepulver. Allerdings war es kein schöner Traum: an der Wand erschien ein Schriftzug als Menetekel, und Arthur las Folgendes:

„Wenn Du die Tüte öffnest, bringt ihr Inhalt eine Katastrophe über Deine Stadt."

Als Arthur aufwachte, raste sein Herz und er war durchgeschwitzt. Noch einmal versuchte er, den Traum zu rekonstruieren, erinnerte sich an das Menetekel, schüttelte den Kopf, hoffte, die Erinnerung an den Traum schnell wieder loszuwerden. Doch das ging nicht: Hinterhältig blieb dieser in seinen Gedanken hängen. Ja, er bekam sogar Kopfschmerzen davon.

Arthur ärgerte sich darüber, dass ihn so ein Albtraum gleich aus der Fassung brachte. „Aberglaube, alles Aberglaube!", sagte er sich, schaute jedoch sogleich besorgt nach dem Tütchen Brausepulver, legte es beschützend in seine Hände.

„Wie kann so ein unschuldiges Tütchen Brausepulver, das inzwischen über zwanzig Jahre alt ist, eine Katastrophe über die ganze Stadt bringen? Gut, über meinen Magen vielleicht, doch ansonsten ist dieser Traum einfach lächerlich."

Arthur gelang es nur langsam, sich wieder zu beruhigen. Sein Herz raste, ihm war schlecht, erst viel später konnte er ruhiger atmen.

Die Jahre vergingen. Der Traum war scheinbar vergessen.

Otto bekam ein Schwesterchen, Elke. Die Zeiten und die Geschmäcker änderten sich wieder. Eberleins zogen ein viertes Mal, in eine noch größere Wohnung um.

Als Otto, so zehn Jahre alt war, zeigte Arthur ihm Fotos aus seiner eigenen Kinderzeit.

„Siehst Du, so sah das damals aus. Alles war klein: Ich, die Wohnung, unser Auto, der Konsum, wo wir die Preise für unsere kleinen Spiele kauften. "

Da fiel ihm das Brausepulver wieder ein, das er Otto ja als Anschauungsobjekt zeigen könnte.

Er holte es vorsichtig aus dem Schubfach und Otto betrachtete staunend die ungeöffnete Tüte. Auf der Vorderseite sah er ein Trinkglas mit Strohhalm, in dem die Kohlensäure sichtbar prickelte.

„Die Farbe des Hintergrundes wechselte, je nach Geschmacksrichtung", erklärte Arthur. Otto war begeistert.

Mit einem schelmischen Lächeln erzählte Arthur: „Weißt Du, einmal wollten wir das Brausepulver in einen Brunnen schütten, sehen, was passiert, wie der Schaum über den Rand steigt".

„Und, habt ihr es getan?"

„Nein, wir waren doch zu anständig, und das Brausepulver wollte ich dann doch von meiner Handfläche schlecken." Die Zeit verging. Das Tütchen lag wieder an seinem Platz, an dem man es nicht vergessen konnte.

Eines Tages, es war für Otto ein besonders langweiliger Tag, fasste er den Entschluss, Freund Bernhardt einzuladen und ihm dieses Sammelobjekt seines Vaters zu zeigen.

„Das ist von früher, DDR-Zeit, Kindheit meines Vaters."

Freund Bernhard war begeistert. Otto erzählte ihm auch von Vaters Plan, jenes Brausepulver in den Brunnen zu schütten. In Bernhards Augen blitzte etwas auf:

„Das könnten wir doch nachholen?"

Otto überlegte, war sich nicht sicher. Für seinen Vater bedeutete dieses ungeöffnete Tütchen eine wertvolle Erinnerung. Sollten sie sich daran vergreifen? Aber vielleicht wäre der Vater dankbar, dass sie den Mut aufbrachten und seinen Kindheitsplan in die Tat umsetzten. Der Junge hörte eine Stimme flüstern: „Tu es, Otto!"

Schließlich stimmte er der Idee seines Freundes zu. In ihrer Straße stand ein alter Brunnen, aus dessen Rohr im Sommer Wasser in sein Becken floss. Es war Sommer und das Wasser floss.

Sie schlichen mit dem Tütchen Brausepulver zum Brunnen. Bernhard riss es auf und sie schütteten hastig das weiße Pulver ins Brunnenbecken.

Für einen kurzen Moment zweifelte Otto, wollte seinem Freund die Tüte wegnehmen, doch dann gewann die Experimentierfreude.

Erwartungsvoll beobachteten die zwei Jungen, wie im Wasser die Bläschen Blubbertöne erzeugten. Immer mehr, nach oben stiegen, größer wurden, schließlich eine geschlossene Schaumdecke bildeten.

Es wurde mehr und mehr Schaum, füllte das ganze Brunnenbecken, erreichte, inzwischen bedrohlich blubbernd, den Brunnenrand. Die Jungen juchzten vor Vergnügen, staunten, wieviel

Schaum zehn Gramm Brausepulver erzeugen konnten.

Sicher wird die Kraft des Pulvers langsam zurückgehen. Doch sie ging nicht. Der Schaum trat über den Rand, lief von den Brunnenstufen hinunter, überflutete Straße und Gehweg, sammelte sich unter parkenden Autos.

Eine aufgeregte Frau, die vorbeikam, schimpfte: „Was ist denn das für eine Sauerei! Habt ihr Waschpulver da hinein geschüttet?" Die Jungen schüttelten ihre Köpfe: „Brausepulver von früher, aus Vaters Kindheit."

Mit so viel Schaum hatten sie nicht gerechnet. Nun war es genug. Doch die Schaumbildung wollte nicht aufhören! Otto bekam es mit der Angst zu tun, hatte dabei ein schlechtes Gewissen und Bauchschmerzen.

„Kann man den Brunnen nicht irgendwie abstellen?"

Das Wasser lief schneller. Der Schaumpegel auf der Straße stieg bedrohlich. Leute glaubten an eine Havarie, machten einen Bogen.

Die Jungen sprangen nervös hin und her, wussten sich keinen Rat. Bernhard bekam immer mehr Angst, klingelte an verschiedenen Haustüren, wollte Hilfe rufen. Doch die Leute verstanden ihn nicht; schüttelten ihre Köpfe und schimpften. Ottos Bauchschmerzen weiteten sich auf seinen Kopf aus. So kam ihm kein klarer Gedanke mehr. Er hatte ein Handy in der Wohnung. Daran dachte er aber nicht.

Der Schaum ging den Jungen schon bis zur Hüfte. Endlich rief eine Frau, die sich wunderte und auch Angst bekam, beim Ordnungsamt der Stadt an. Ausgerechnet jetzt erreichte sie niemanden. Selbst Technisches Hilfswerk und städtische Behörden blieben heute unerreichbar. Nur ihre Anrufbeantworter meldeten sich.

Inzwischen stieg der Schaum bis zu den Köpfen. Autos schauten gerade noch mit ihren Dächern heraus.

Als jemand rief: „Die Polizei müssen wir verständigen!", kämpfte sich Ottos Vater aufgeregt durch den Schaum.

„Was habt Ihr getan?" Otto kamen die Tränen.

„Wir haben Dein Brausepulver ins Brunnenbecken geschüttet."

„Neeein!", schrie Arthur, als müsse er ertrinken. Ein Verzweiflungsschrei. Dabei paddelte er mit den Händen, um den Kopf frei zu kriegen, denn inzwischen hatte der Schaumpegel Kopfhöhe, zirka 1,80 Meter Stand erreicht.

Gerade, als die ganze Straße, und bald die gesamte Stadt im Schaum zu verschwinden drohten, passierte etwas Ungewöhnliches: Das Wasser des Brunnens hörte auf zu laufen. Hatte es doch jemand abstellen können?

Inzwischen trafen doch noch Technisches Hilfswerk und Feuerwehr ein, ja, es kreiste sogar ein Hubschrauber über ihnen. So etwas hatte man noch nie erlebt. Die Stadt schien in einem Meer aus Schaum unterzugehen. Die Panik unter der Bevölkerung war groß. Den Einsatzkräften gelang es, den Schaum langsam abzusaugen. In der Zwischenzeit versuchte die Polizei, die Ursache herauszufinden. Doch das Ereignis blieb unerklärlich. Auch später fand sich kein klärendes Indiz, jedenfalls nicht als Erklärung für dieses Phänomen.

Arthur Eberlein sprach viele Tage nicht, schien in eine Art depressive Verstimmung gerutscht zu sein. Seine Frau Linda rief bei einem Arzt an.

„Lass es, bitte, lass es. Ich komm schon ohne Arzt auf die Beine", versprach Arthur. Und so war es dann auch.

Mit Sohn Otto konnte er immer noch nicht sprechen. Bis Arthur entschied:

„Es gibt Wichtigeres im Leben als Brausepulver".

Ab diesem Moment fand die Normalität bei Familie Eberlein wieder ein Zuhause.

Gespensterbahn

Werner Kappler hat im Jahr 2005 eine Selbsthilfegruppe gegründet. Dazu gehören zwölf Personen. Alle verbindet das gleiche Schicksal, ein unglaubliches Ereignis, das 1975 passierte und Auswirkungen bis in das Jahr 1985 hatte. Alle Mitglieder der Selbsthilfegruppe trauerten, nach eigener Aussage, um zehn verlorene Lebensjahre. Ihre Initiative fordert Anerkennung des geschehenen Unrechts sowie eine finanzielle Wiedergutmachung. Aus diesem Grund arbeiten sie mit Anwälten, Polizei sowie Wissenschaftlern zusammen, die das unerklärliche Ereignis untersuchen.

Doch was war passiert? Zurück ins Jahr 1975, in den Ort Rudolstadt in Thüringen.

In der zweiten Augusthälfte fand, wie jedes Jahr, das sogenannte Rolschter Vogelschießen statt, ein Rummel mit Fahrgeschäften wie Riesenrad und Gespensterbahn, mit Losbuden, diversen Imbissständen und mehreren Festzelten. Der Veranstalter heute behauptet, es sei das größte Fest seiner Art in Thüringen. Außerdem hat das Ereignis Tradition, denn es gibt dieses Vogelschießen seit 1722. Wie immer gehörte auch diesmal eine Geisterbahn zu den Attraktionen. Werner Kappler besuchte das Rudolstädter Vogelschießen mit seiner Freundin Gisela Roller erst am letzten Tag. Er schoss für sie Papierblumen, und kaufte so viele Lose, dass es für eine Kaffeemaschine reichte.

Die hatte sich Gisela gewünscht. Ärgerlich nur, dass sie schon um 20 Uhr wieder nach Hause musste. Nach einem kurzen Streit fanden die beiden jungen und verliebten Leute einen Kompromiss. Werner begleitete seine Gisela zur Bushaltestelle und ging dann noch einmal zurück zur Festwiese. Nach einer Weile traf er Eduard, der bereits ziemlich viel Alkohol getrunken hatte. Daher begrenzte sich ihr Gespräch auf die Freude des Wiedersehens und ein gemeinsames Bier.

„Leb wohl, alter Junge!"

Eduard war ihm zu betrunken, so dass Werner allein weiter über den Rummelplatz ging. In seiner Erinnerung aß er noch eine Bratwurst. Es war gegen 22 Uhr, und an vielen Stellen begannen bereits Arbeiter mit dem Abbau der Fahrgeschäfte. Werner Kappler überkam etwas Wehmut, denn er liebte dieses jährliche Fest.

Er kam an der Geisterbahn vorbei und entschied sich für eine letzte Runde, bevor die Geister ihren Geist aufgaben.

Werner stieg in den Wagen, wusste, dass ihm jedes Gespenst vertraut war, da er mit Gisela einige Male hier gefahren war. Auch sie mochte die Geisterbahn.

Ab ging es in das Dunkel der Illusionen. Seltsamerweise blieb es dunkel. Und in dieser Dunkelheit bricht die Erinnerung von Werner Kappler ab. Was war mit ihm passiert? Gefühlt lag ein tiefer Schlaf hinter ihm. Er verließ die Geisterbahn, ohne nur eines der Gespenster gesehen zu haben. Nach dem Verlassen des Wagens schwankte Werner, fühlte sich kraftlos, musste sich am Geländer des Ausganges festhalten und erst einmal festen Boden unter den Füßen spüren.

Es war hell, das Sonnenlicht blendete wie am schönsten Sommernachmittag. Viele Menschen liefen nicht über den Platz. Werner schaute auf seine Uhr: 14 Uhr.

Er verstand die Welt nicht mehr. Was war denn los? Er lief weiter und dachte bei sich: „irgendwie sehen die Leute verändert aus – andere Klamotten, andere Frisuren. Und wieso ist es nicht mehr Nacht? Habe ich doch in der Geisterbahn geschlafen?" Sein einziger Gedanke war, schnell nach Hause zu gehen. Er glaubte an einen langen Schlaf. Und er wollte Gisela anrufen. Sie würde ihm die Situation erklären. Seine Gedanken kreiselten: Ich kann doch nicht in der Geisterbahn eine Nacht geschlafen haben? Außerdem war es der letzte Tag und überall begannen sie mit dem Abbau der Fahrgeschäfte.

Werner Kappler hatte keine Erklärung für die Situation. Er lief nach Hause, doch sein Name stand nicht mehr an der Tür. „Mehlmann" las er, und ein fremder Herr öffnete ihm.

„Das ist meine Wohnung"; behauptete Werner. Der fremde Herr schaute ihn misstrauisch an.

„Wieso ist das Ihre Wohnung? Wir wohnen hier bereits zehn Jahre."

Werner glaubte an einen Irrtum und entschuldigte sich. Doch draußen prüfte er noch einmal Straße und Hausnummer. Nein, hier wohnt er. Das war kein Irrtum. An der Klingel, wo Kappler hätte stehen müssen, stand Mehlmann.

Die Irritation ging weiter, verursachte Herzklopfen und starkes Schwitzen. „Ich muss jetzt zu Gisela, sie wird mir alles erklären."

Auf dem Weg zu ihr fielen ihm weitere Veränderungen auf. Geschäfte, die er kannte, waren verschwunden, auch ganze Häuser fehlten oder sie hatten eine neue Fassade, neue Fenster. Überhaupt sahen die Menschen anders aus. Werner war mit der Situation überfordert. Vor dem Haus in dem Gisela wohnte, holte er tief Luft, spürte ein ungutes Drücken im Bauch.

Gisela hieß mit Nachnamen Kleiber und wohnte noch bei den Eltern. Zum Glück fand er den Namen „Kleiber". Wenigstens ein vertrauter Name, dachte Werner.

Er klingelte und das Herz klopfte noch stärker. Herr Kleiber öffnete ihm, erkannte Werner sofort. Aber irgendwie schien ihr Vater älter geworden. Werner versuchte, seine Unsicherheit zu überspielen.

„Ist Gisela zu Hause?"

Herr Kappler schaute ihn ungläubig an.

„Gisela? Du bist Werner Kappler?"

„Ja."

„Du hast lange nichts von Dir hören lassen. Das war nicht in Ordnung. Gisela hat sich sehr geärgert, viel geweint. Und nun kommst Du nach zehn Jahren und fragst selbstverständlich nach ihr. Das ist eine Frechheit."

Werner schluckte, fühlte aufsteigende Wärme in seinem Gesicht:

„Wieso zehn Jahre? Wir haben uns doch gestern abend auf dem Rummel erst verabschiedet."

„Du willst mich wohl zum Narren halten! Eine Frechheit"

„Und wo ist Gisela?"

„Du wirst es nicht glauben: unsere Gisela ist seit zwei Jahren mit einem netten jungen Mann verheiratet, der sie nicht einfach sitzen lässt."

Damit schlug Herr Kleiber die Tür wieder zu. Werner fand keine Erklärung für das Erlebte. Am schlimmsten aber war, dass er nicht wusste, wohin. In seiner Wohnung wohnte eine Familie Mehlmann; ebenfalls seit zehn Jahren.

Werner dachte an seinen Freund Eduard. Und er ging zu Eduard. Zum Glück wohnte der noch am selben Ort.

„Mensch Werner, das gibt es doch nicht! Wo kommst Du denn her? Aus Afrika? Oder Amerika? Bist Du in den Westen abgehauen?"

„Eduard, jetzt höre mal zu. Ich bin gestern Abend, nachdem wir uns verabschiedet hatten, noch einmal in der Geisterbahn gefahren. Bin ich denn dort eingeschlafen? Jedenfalls war es hell und 14 Uhr, als ich herauskam. Bitte erkläre mir das. Was ist los?"

Eduard schaute ihn mitleidig an, schüttelte den Kopf und meinte:

„Komm erst mal rein, alte Junge, nach so langer Zeit. Es ist schön, dass es Dich noch gibt." Werner folgte, und spürte so etwas wie Wut. Wollten ihn alle zum Narren halten?

„Willst du ein Bier?", fragte Eduard und stellte ihm unaufgefordert eins auf den Tisch.

„Ich bin immer noch Single, aber glücklich verliebt." Werner schaute ihn mit großen Augen an. „Was ist mit meiner Gisela?"

Eduard lachte: „Sie war wirklich traurig und verärgert, dass Du nichts von Dir hast hören lassen.

Wir dachten alle, Du bist in den Westen, ohne uns in deine Pläne einzuweihen."

„Quatsch! Ich war in der Geisterbahn."

Eduard kam ihm sehr nah, in seinen Augen blitzte das Misstrauen.

„Okay, Du warst in der Geisterbahn. Verarschen kann ich mich auch selbst. Zehn Jahre, ja?"

„Wieso zehn Jahre?"

Werner wirkte in diesem Moment so unschuldig, dass Eduard noch misstrauischer wurde.

„Lieber Freund, Du warst zehn Jahre verschwunden. Wenn Du wenigstens mir ein Lebenszeichen gegeben hättest. Wir waren wirklich wütend."

Werner blieb sprachlos, spürte ein Summen im Kopf.

Eduard überwand seine Zweifel, beugte sich jetzt fürsorglich vor:

„Mensch, Werner, alter Freund, was ist mit dir los? Warst Du nicht in den Westen abgehauen?"

„Nein, war ich nicht. Ich sage es Dir doch: Ich war in der Gespensterbahn."

Für die nächste Zeit konnte er bei Eduard schlafen, denn der hatte Mitleid, glaubte an geistige Verwirrung. Aber wo waren seine Sachen hingekommen?

„Sicher zu Deinen Eltern", vermutete Eduard. Werner rief gleich an, und tatsächlich waren seine Möbel, Einrichtungsgegenstände, Kleidung, zu den Eltern ins Vogtland gekommen. Am nächsten Tag ging er erst einmal zu seiner Arbeitsstelle, der Druckerei. Auch dort schienen sie vom plötzlichen Auftauchen ihres ehemaligen Kollegen überrascht. Sie waren davon überzeugt gewesen, dass er in den Westen abgehauen war. Von seiner Gespensterbahngeschichte konnte Werner hier niemanden überzeugen.

Noch am gleichen Tag fuhr er zu den Eltern. Sie waren glücklich, dass ihr Sohn lebte.

„Aber wo warst Du?", fragten sie immer wieder und hatten viel Mitleid mit ihm. Einen Tag später standen zwei Herren in Zivil vor ihrer Tür.

„Dürfen wir Ihren Sohn Werner Kappler sprechen?"

Es blieb nicht nur bei einem kurzen Gespräch: Werner musste mit ihnen mitkommen. Dann saß er im Halbdunkel eines Verhörraumes der Staatssicherheit. So hatte er sich das vorgestellt.

Immer wieder die gleiche Frage: „Wo sind sie gewesen?" Seine Geschichte empfanden sie als Beleidigung, Ablehnung staatlicher Instanzen.

„Das haben wir uns schon gedacht, dass Sie provozieren wollen."

„Ich will nicht provozieren."

„Dann sagen Sie uns, wo Sie die zehn Jahre waren."

„In der Geisterbahn."

Je öfter er dies wiederholte, umso aggressiver wurde die Sprache der Herren von der Staatssicherheit. Jedenfalls musste Werner in eine Zelle, später in Untersuchungshaft.

Dann kamen die Gerichtsverhandlungen, wo er mit dem Vorwurf der Spionage konfrontiert wurde.

Da Werner nichts Anderes wusste, mehrmals wiederholend seine letzte Geisterbahnfahrt beschrieb, es keine Zeugen für diese Version gab, die Betreiber der Geisterbahn nicht auffindbar waren, kam es zu einem Urteil: Aufenthalt in der Psychiatrie.

Das war schlimm, und Werner nah dran, einen Suizid zu begehen. Davon abgehalten haben ihn wahrscheinlich die verordneten Tabletten. Beruhigung, Beruhigung, Beruhigung, Hilfe gegen Wahnvorstellungen, schizophrener Formenkreis. Ein dreiviertel Jahr blieb Werner Kappler in der Psychiatrie, bekam anschließend einen Betreuer, der ihm eine Wohnung suchte. Viele Jahre vergingen, und Werner lebte unauffällig mit seiner Depression. Geglaubt wurde ihm nicht. So gab er es auch auf, von dem unerklärlichen Ereignis auf dem Rummelplatz zu reden.

Er schloss sich später, so um 1995, einer Selbsthilfegruppe für depressiv Erkrankte an. Dort erzählte eine Frau, sie sei selbst im August 1975 in dieser Geisterbahn gefahren, wäre, nach einem langen Schlaf, erst zehn Jahre später wieder heraus gekommen. Geglaubt hätte es ihr bis heute niemand.

Werner fasste Vertrauen und erzählte seine Geschichte.

„Ich hatte alles verloren, meine Gisela, Freunde, die Wohnung, Arbeit, Lebenszeit." Die Frau hatte eine Idee.

„Vielleicht wäre es gut, wenn wir nach weiteren Personen suchten, die damals Geisterbahn gefahren sind und das gleiche Schicksal erlebten?" Werner war begeistert.

„Wahrscheinlich finden wir sie alle irgendwo in Selbsthilfegruppen für depressiv Erkrankte."

Die Frau sprach mit der Sozialarbeiterin, ob man nicht in allen Gruppen in Thüringen nach Menschen suchen könnte, die von dem Geisterbahnerlebnis im August 1975 erzählten. Wir wollen uns zusammentun und unser Recht einfordern. Die Sozialarbeiterin war einverstanden, und innerhalb weniger Wochen meldeten sich noch zehn andere Personen.

„Ihr müsst euch treffen", schlug die Sozialarbeiterin vor.

So kam es zur ersten Zusammenkunft der zwölf Betroffenen.

Ihre Erlebnisberichte wiederholten sich. Keiner glaubte ihnen, alles war verloren und zum Schluss kamen sie unter staatlichen Generalverdacht. Jeder hatte inzwischen Psychiatrieerfahrung.

Am Anfang der neunziger Jahre, nach der Wende, blieb ihnen nur der Anschluss an eine Selbsthilfegruppe.

Die Sozialarbeiterin machte den Vorschlag, eine eigene Gruppe zu gründen, um so ihre Interessen besser durchzusetzen. Vor allem galt es, den Fall neu zu untersuchen.

Sie leisteten sich einen Anwalt, der sie bei dem Vorhaben unterstützte.

Von den Betreibern der Geisterbahn fand sich doch noch ein Mitarbeiter. Dieser konnte sich den Vorfall nicht erklären. Schließlich hätten sie noch in der gleichen Nacht mit dem Abbau begonnen. Irgendetwas Auffälliges wurde damals nicht vorgefunden.

Die alte Geisterbahn von 1975 gab es nicht mehr, nur einige der Pappgespenster waren noch im

Lager. Sie konnten nicht als Zeugen vernommen werden. Der Fall blieb unaufgeklärt.

Eines aber haben die zwölf erreicht, eine finanzielle Entschädigung. Die zehn unwiederbringlichen Lebensjahre in der Gespensterbahn, dazu Psychiatrie und Depression, diese verlorene Lebenszeit konnte ihnen niemand zurückgeben.

Sie schlossen Freundschaft untereinander und Werner Kappler verliebte sich in die Frau, die er in der Selbsthilfegruppe kennengelernt hatte.

Das tödliche Maß –
ein Rudolstadt-Krimi

Heute ist Mittwoch, und an diesem Tag sind in Rudolstadt zwischen Bahnhof und Marktplatz mehr Menschen als an gewöhnlichen Wochentagen unterwegs. Der Wochenmarkt sorgt immer mittwochs dafür, dass man dem Ansturm vorrangig älterer, kaufender, unterhaltender, verhandelnder Besucher nicht ausweichen kann. Doch schon am frühen Nachmittag haben sämtliche Händler ihre Angebote bereits wieder eingepackt und es kehrt die gewohnte Ruhe zurück. So ist das auch an diesem Märztag des Jahres 2019.

Bodo Schmidt, ein Gemüsehändler, beginnt ebenfalls 14 Uhr mit dem Abbau seiner Auslagen. Er hält noch einen kurzen Schwatz mit der Nachbarin vom Geflügelhof.

„Dieses kalte Wetter muss man sich nicht antun, ich packe, reicht heute. Ob ich noch drei Apfelsinen mehr verkaufe und mir dabei eine Erkältung einhandele, ist das Geschäft nicht wert."

Die Geflügelverkäuferin lacht, tut so, als sortiere sie ihre Auslagen neu, weiß es besser.

„Ich hänge ein Stündchen dran. Manche Leute entdecken später, nach ihrem Kaffee, noch ein paar Hühnerbeine."

Bodo hört ihren selbstbewussten berlinerischen Slang.

Er winkt müde ab: „Den Kaffee gönn ich mir, wenn hier alles verschwunden ist. Der tut dann meinen Hühneraugen gut."

Sie kann nicht antworten, da eine Kundin eben tatsächlich nach Hühnerbeinen fragt. Ihren triumphierenden Blick übersieht Bodo Schmidt nicht. Diese preußische Hühnerfee kann mich mal, denkt er, sortiert sein gesamtes Obst und Gemüsesortiment in die jeweiligen Stiegen, will alles in den bereitstehenden Anhänger räumen. Als er die Plane hochhebt, sieht er erst Schuhe, dann den dazugehörigen Mann.

„He, alter Penner, das geht aber nicht. Geschlafen wird woanders", schnurrt er den vermeintlichen Obdachlosen an. Bodo zerrt an dessen Bein, um ihm etwas unsanft ein Zeichen zum Aufstehen zu geben.

Normalerweise ist er ein toleranter Mensch, hat für Vieles außerhalb seines Gemüseanhängers Verständnis.

Doch weder die Schuhe noch der vermeintliche Penner selbst bewegen sich. Bodo wird nervös. Vielleicht hat der ein gesundheitliches Problem, Herzanfall oder so.

Er rüttelt noch einmal an den Schuhen, diesmal etwas zupackender, doch es folgt wieder keine Reaktion. Bodo schaut sich unsicher um, sucht Unterstützung für diesen Fall.

Die Geflügelverkäuferin packt gerade einem älteren Ehepaar die von ihnen gekauften Hühnerbeine ein. Eben als er sich ein genaueres Bild von dem blinden Passagier machen will, kommt eine Dame mit Hündchen und verlangt noch drei Apfelsinen. Bodo reicht ihr knurrend die geforderte Ware:

Sicher hat auch diese Frau bereits ihr Geld für preußische Hühnerbeine ausgegeben.

Dann endlich steigt er kurzentschlossen in seinen Anhänger, schaut sich den Liegenden genauer an und stellt fest, dass der Mann am Kopf geblutet hat und seine Augen verdächtig ins Leere starren. Bodo zerrt sein Handy aus der Tasche, um einen Notarzt zu rufen.

Der rasch herbeigeeilte Arzt stellt den Tod des Mannes fest. Ein Fall für die Polizei. Vielleicht ein Mord, mitten auf dem Wochenmarkt geschehen, in Bodos Gemüseanhänger entsorgt?

Die beiden lautstark mit Martinshorn eintreffenden Polizisten stellen sich als Kommissar Schieber und seine Mitarbeiterin, Kommissarin Klenk, vor.

Nun beginnen die Verhöre und Untersuchungen. Bodo Schmidt kann die so plötzlich eingetretene Situation nicht fassen. Er rechtfertigt sich mit leicht erregter Stimme, als träfe ihn eine Mitschuld am Tod des Mannes.

„Und Sie kennen ihn wirklich nicht?"

„Nein, den Anhänger stelle ich früh ab, um dann gegen 14 Uhr meine Ware wieder einzuladen. Ganz normale Abläufe."

„Sie haben nicht mitbekommen, dass hier ein Toter hineingelegt wurde?"

„Nein, meine Aufmerksamkeit dient den Kunden, dem Verkauf. Außerdem geht es laut zu auf diesem Markt."

Bodo sieht über die Köpfe der Polizisten hinweg, dass nun auch die Geflügelverkäuferin hastig ihre Ware zusammen räumt.

Wahrscheinlich kauft doch niemand mehr Hühnerbeine.

Die Eile nützt ihr nichts, denn auch sie wird befragt. Alle Händler, die nicht rechtzeitig den Platz geräumt haben, werden Teil des Verhörs. Aber scheinbar hat niemand etwas Verdächtiges bemerkt.

„Das ist schon seltsam", resümiert Kommissarin Klenk. Ihr Kollege schweigt, nimmt alles zu Protokoll, lässt immer wieder misstrauisch seinen Blick über den Markt kreisen, als könne er doch etwas Auffälliges sehen.

Seine Augen glänzen bei der Entdeckung des Bratwurststandes.

Aber noch etwas sieht er: In der Tasche des Toten findet sich ein Zettel mit einer handschriftlichen Notiz: „Das tödliche Maß beträgt 56,4 cm." Er stellt Bodo Schmidt die Frage nach deren Sinn: „Können Sie damit etwas anfangen?"

Der Mann zuckt grinsend mit den Schultern.

„Bei den Längen meiner Körperteile spielt dieses Maß keine Rolle."

Inzwischen treffen weitere Mitarbeiter der Polizei ein, die, mit weißen Schutzanzügen bekleidet, den Tatort untersuchen.

„Der Tote wurde mit einem Metallgegenstand erschlagen", ist ihr Fazit. Gemüsehändler Bodo Schmidt muss auf seinen Feierabendkaffee lange warten. Die Männer in weißen Schutzanzügen beugen sich über den Toten, zerren an ihm herum, schreiben etwas auf. Wie soll er aber nun seine Ware abtransportieren? Hat man denn kein Verständnis für die Lebenden?

Die Polizei organisiert einen anderen Lieferwagen, in den er seine Stiegen einräumen kann. Bodo

Schmidt darf sich auch einen Kaffee holen, der letztlich jedoch kalt wird, da weitere Fragen Vorrang haben.

Er wird diesen Tag wahrscheinlich mit Kopfschmerzen abschließen, denn den Anblick der Leiche vergisst er nicht. Als dem Toten die Schuhe ausgezogen werden, muss er wieder an preußische Hühnerbeine denken. Und für den Transport von Hühnerbeinen ist sein Gemüseanhänger nicht geeignet.

Kommissarin Klenk schaut sich den Stadtplan von Rudolstadt genau an.

„Hier stand der Anhänger, mitten im Gedränge des Wochenmarktes. Der Tote wurde nur hineingelegt. Geschehen ist der Mord woanders.

Was feststeht, ist, dass er mit einem Metallgegenstand, etwa einer Eisenstange, erschlagen wurde. Das war es dann auch schon, was wir wissen." Kommissar Schiebers Blick wandert erneut zum Bratwurststand, er kämpft um Gelassenheit. Das Knurren seines Magens hört selbst Bodo Schmidt. Kommissar Schieber bemüht sich um amtliche Korrektheit.

„Es ist doch immer das Gleiche: Am Anfang steht die Aussichtslosigkeit einer Aufklärung. Und später finden sich doch Indizien, wie dieses Zettelmenetekel in seiner Tasche, dessen Bedeutung wir noch nicht verstehen."

Seine Kollegin stimmt zu: „Es wurde bereits in alle Richtungen untersucht. Geschrieben wurde die Notiz am selben Tag, also besteht eine Verbindung zum Toten. Übrigens haben wir auch seine Personalien: Es handelt sich um einen Dieter

Lorenz aus Bad Blankenburg. Er ist einundvierzig, geschieden, arbeitet in einer Malerfirma." Kommissar Schieber will für den Anfang zufrieden sein, denn die Sehnsucht nach einer Bratwurst ist zu groß. Kommissarin Klenk lächelt, sie kennt die thüringischen Vorlieben ihres Kollegen.

„Na dann geb Deiner Sucht nach und hol Dir so ein Prachtstück." Gemüsehändler Bodo Schmidt beobachtet den kalten Kaffee in seiner Tasse.

„Alles kalter Kaffee", bestätigt er den Anblick seufzend und beginnt in einem Anflug lokalen Stolzes Dialekt zu präsentieren.

„Hier war'n de beriehmten Wärschte gemacht! – Die musste probiere – das ös änne Pracht!

War dreie nein hat, dar hat nachen Ruh,

denn ar kriegt noch ä Dutzend Sammeln derzu!" Während der Tote von den weißen Männern weiter untersucht wird, kehrt Kommissar Schieber mit einer Bratwurst und passender Semmel in der Hand zufrieden lächelnd zurück.

Bodo Schmidt reicht der Kommissarin einen Apfel, meint anschließend, dass er noch eine zweite Strophe kenne:

„Namm'se nur ruhig in deine Futen, Taler on Wasser sönn hier verbuten; Mer keem' jo, wollte mersch zu fein mache, vor lauter Preambeln gar nech zor Sache."

Zufrieden wischt Kommissar Schieber mit der Serviette über seinen Mund, erklärt anschließend: „Na, dann lass uns mal das Umfeld des Mannes anschauen."

Das ist der Anpfiff für weitere Befragungen, die Suche nach Freunden und vielleicht Feinden.

Durch die Malerfirma erfahren sie, dass er in neuer Beziehung mit einer Rosina Lenz lebt.

Die Frau weint, als sie vom Tod ihres Dieters hört, bittet die Kommissare in ihre Wohnung.

„Ja, er interessierte sich sehr für Geschichte. Regionalgeschichte. Sammelte alles, was damit in Verbindung stand, Fotos, Münzen, Zeitungen." Sie seufzt und wischt sich die Tränen aus den Augen.

„Ich brauchte schon manchmal Geduld mit ihm. Aber so ist das. Und ich liebe Dieter. Liebe ist stärker als der Tod, deshalb glaube ich ihnen nicht." Wieder fängt sie an zu weinen.

„Hatte er weitere Freunde, und, was uns natürlich interessiert: Hatte er Feinde?" Rosina blickt auf und scheint etwas empört.

„Dieter hatte im wirklichen Leben mit niemanden Streit. Gut, ungewohnt temperamentvoll, ja wütend, erlebte ich ihn manchmal in seiner Facebook-Gruppe.

Da konnte er sich sehr ärgern, war empört über einzelne Eintragungen. Ich habe oft gesagt: Nimm das nicht so ernst."

„Gibt es in dieser Facebook-Gruppe jemanden, mit dem er besonders häufig gestritten hat?"

„Sein Ärger war weit gestreut, bezog sich nicht auf eine Person. Dieter ärgerte sich selten, meist war er ja mit den Inhalten der Seite zufrieden." Kommissarin Klenk befragte Rosina Lenz auch nach der Zettelnotiz. Doch die Frau konnte mit den Zahlen nichts anfangen.

„Das klingt ja gruselig", meint sie nur erschrocken.

Klenk und Schieber gaben die Überprüfung der regionalgeschichtlichen Facebookseite in polizeilichen Auftrag.

Doch es fand sich hier kein Motiv für die Tat.

Hin und wieder stritten die Mitglieder um Details, doch diese Streitereien klangen harmlos.

Einmal muss Kommissarin Klenk lächeln:

„Schau mal, hier geht es um Standorte für Bratwurstroste. Das ist doch ein Thema für dich. Den Namen Boucher les ich: Dessen Stand befand sich direkt am Anger. Geh doch mal hin und hol dir eine." Kommissar Schieber winkt ab, bemerkt etwas genervt:

„Vielleicht gibt es zum nächsten Wochenmarkt wieder eine Leiche? Dann hole ich mir eine neue Wurst."

Seine Kollegin schüttelt unzufrieden den Kopf.

Sie fasst das Ergebnis ihrer bisherigen Recherchen zusammen:

„Es ist wie immer: Rund um den Mordfall scheint die Welt in Ordnung, alles stimmig, und doch muss es im scheinbar funktionierenden Getriebe ein Problem geben. Da ist wieder einmal unsere Hartnäckigkeit gefragt."

Sie rechneten allerdings auch nicht mit einer zeitnahen Wiederholungstat. Doch tatsächlich bekommen sie am folgenden Mittwoch den Anruf eines Bürgers, dass im Brunnenbecken in der Stiftsgasse/Ecke Schlossaufgang 2 ein Toter liegt. Als sie sich zum Tatort aufmachen, bemerkt Kommissarin Klenk:

„Na, da kannst Du dir anschließend doch eine Bratwurst auf dem Wochenmarkt holen."

Schieber greift sich die Autoschlüssel: „Okay, wird gemacht."

Ertrunken konnte der Tote nicht sein, denn sie sehen, das Brunnenwasser war abgestellt. Der Mann, ähnlich alt wie der Ermordete von vor einer Woche, wurde ebenfalls mit einem Metallgegenstand am Kopf getroffen und so getötet. Noch eine Parallele gab es: In seiner Jackentasche findet sich zusammen mit dem Personalausweis ein Zettel, auf dem der bekannte Spruch geschrieben stand: Das tödliche Maß beträgt 56,4 cm.

Seine Frau bricht bei der Todesnachricht zusammen und muss psychologisch betreut werden. Erst nach Stunden konnten die Kommissare ihr Fragen stellen. Es gibt zwei Parallelen zum ersten Opfer. Auch das 2. Opfer, Franz Spengler, interessierte sich für Regionalgeschichte und war Mitglied in der Facebook-Gruppe, genauso wie Dieter Lorenz.

Freunde hat er, nach Aussage seiner Frau, viele. Feinde kennt sie nicht. Mit den Zahlen kann auch sie nichts anfangen.

Kommissar Schieber behauptet: „Mein Bauch sagt mir, die Morde hängen mit dieser Facebook-gruppe zusammen."

Seine Kollegin, Kommissarin Klenk, ergänzt lächelnd: „Dein Bauchgefühl ist schon mal gut. Ich höre bereits ein leises Knurren. Jetzt darf nur noch die Logik im Kopf nicht übertönt werden."

Als die dritte Tote, diesmal eine fünfundsiebzigjährige Witwe, eine Woche später, wieder am Wochenmarktmittwoch, im Ratssaal des alten

Rathauses gefunden wird, wird den beiden Kommissaren schlecht. „Mir wird die regelmäßige Mittwochsbratwurst langsam zu viel", erklärt sich Kommissar Schieber.

„Glaub ich jetzt auch." Seine Kollegin stimmt zu. Wieder gibt es die zwei Parallelen zu den anderen Fällen: Die Tatwaffe und der obligatorische Zettel mit Angabe jenes ominösen Maßes.

Der Zettel wird schnell gefunden. Da stand es wieder: 56,4 cm.

„Ich fühle mich, entschuldige das Wort, verarscht. Hier treibt jemand ein tödliches Spiel. Wenn das so weitergeht, haben wir jeden Mittwoch einen Toten." Kommissarin Klenk ist fassungslos, wütend, muss an die frische Luft.

Als sie allein und mit Übelkeit im Bauch das alte Rathaus verlässt, fällt ihr Blick auf die außen im Mauerwerk eingefasste sogenannte „Rudolstädter Elle". Sie tritt näher heran, betrachtet das alte metallene Rudolstädter Längenmaß, welches wie ein Gürtel aufgerollt zur Benutzung frei verfügbar ist. Auf einem kleinen Schild darüber steht die genaue Maßangabe: „56,4 cm". Diese Entdeckung weckt einen Gedanken: Die Rudolstädter Elle, jene alte Längenvorgabe für ehrliche Textilhändler, ist tatsächlich genau 56.4 cm lang. Ist sie das tödliche Maß? Aber warum?

Die Kommissarin greift sofort zum Handy, ruft ihren Kollegen Schieber an, der sich noch oben im Rathaussaal befinden muss:

„Du, ich habe eben eine Entdeckung gemacht: Weißt du, wie lang die Rudolstädter Elle ist? Genau 56,4 cm."

Von der anderen Seite kommt nur ein unzufriedenes Brummen.

„Bedeutet das die Länge der Rudolstädter Bratwurst?" Kommissarin Klenk protestiert:

„Das ist jetzt nicht lustig!"

„Aber was fangen wir mit der Erkenntnis an?"

Das weiß Frau Kommissarin Klenk in diesem Moment noch nicht.

Schieber, als Ur-Rudolstädter, betrachtet die „Elle", als sähe er sie zum ersten Mal.

„Vielleicht verlief der Streit um diese Maßeinheit. Sagen wir mal, die drei Toten behaupteten, sie ist nur 56,3 cm lang."

Kommissarin Klenk schaut ihren Kollegen zweifelnd an:

„Das ist natürlich ein triftiger Grund, jemanden zu erschlagen. Am besten, mit der Elle selbst. Dann begreift das Opfer, zumindest im Tod, dass sie doch 56,4 cm lang ist."

Wieder im Büro hat die Kommissarin eine Idee:

„Wir provozieren den Täter. Da ich überzeugt bin, es gibt einen Zusammenhang zwischen den Morden und dieser regionalgeschichtlichen Facebook-Gruppe, melde ich mich dort an." Kommissar Schieber runzelt seine Stirn:

„Und weiter?"

„Ich behaupte, dass dieses Maß nicht stimmt, im Archiv eine Urkunde vorhanden wäre, wo es anders angegeben wird."

Schieber bleibt misstrauisch, gibt letztlich dem Vorschlag seiner Kollegin die Zustimmung. Kommissarin Klenk erklärt ihre These: „Der Täter wirkt extrem zwanghaft. Diese Eigenschaft kann sich sogar, wenn er genügend provoziert wird, in kriminelle Energie umwandeln. Andere Meinungen lässt er nicht gelten."

„Du meinst, genügend herausgefordert kann er wegen Streit um die Rudolstädter Elle jemanden ermorden. Das ist doch pervers."

„Das ist es! Das offizielle Maß ist für ihn Gesetz. Wer daran rüttelt, macht sich schuldig."

„Dann melde Dich in dieser Gruppe an, um zu provozieren. Und hoffen wir mal, dass sich der Täter meldet," Kommissarin Klenk setzt sich augenblicklich an den Computer, bittet unter dem Namen „Klangkörper" um Aufnahme in der Facebook-Gruppe für Regionalgeschichte. Die Bestätigung folgt schnell.

Ein spitzbübiges Lächeln fährt über ihr Gesicht. Nun kann sie das offizielle Maß der Rudolstädter in Frage stellen.

Sie muss nicht lange auf überraschte, zweifelnde Reaktionen warten.

„Hallo neues Mitglied, mach bitte genauere Angaben zu Deiner Behauptung."

„Klangkörper" verweist auf die angeblich existierende Urkunde im Archiv.

Nach einem Tag meldet sich jemand unter dem Synonym „Günther", zweifelt ihre Aussage ebenfalls an, schlägt ein persönliches Treffen vor.

„Ha", ruft sie etwas aufgeregt, „Günther will sich kommenden Dienstagnachmittag, 17 Uhr, am Eingang zum alten Rathaus mit mir treffen." Sie schaut zu ihrem Kollegen:

„Du hast dann wieder einen Grund, Dir eine Bratwurst zu gönnen."

Kommissar Schieber protestiert: „Hier wird niemand erschlagen und mittwochfrüh entsorgt. Du gefährdest Dich nicht."

„Doch! Du kommst natürlich mit zum Treff, bleibst allerdings unsichtbar. Wir kriegen das so allein hin. Die Kollegen können sich in Bereitschaft halten." Schieber hat Bedenken. „Das ist mir fast zu gefährlich."

Sie winkt ab: „Wo ist Deine Erfahrung? Wir müssen ihn, so unspektakulär wie möglich in diese Falle locken. Sobald er Anstalten macht, in der vermuteten Form zuzuschlagen, rufen wir selbstverständlich Verstärkung."

„Wenn wir noch können!"

Kommissarin Klenk bestätigt festentschlossen das Angebot zum Treff mit „Günther". Schieber ist nicht ganz überzeugt, brummt:

„Warum bestellst Du Günther nicht zum Güntherbrunnen? Brunnen mag er doch auch, als Tatort." Dienstagabend, gleich ist es 17 Uhr und Kommissarin Klenk wartet, nun doch nervös, vor dem Eingang zum alten Rathaus, fühlt die Pistole in der Jacke. Drei Häuser weiter, wie verabredet unsichtbar, wartet in einem Hauseingang Kollege Schieber. Die Mitarbeiter im städtischen Archiv sind informiert.

Schieber spürt, trotz jahrelanger beruflicher Routine, die Anspannung, Angst um seine Kollegin. Das Risiko ist immer präsent, der Täter kann unerwartet handeln und schneller sein.

Die Turmuhr vom alten Rathaus schlägt fünfmal. Stille. Kommissarin Klenk bleibt konzentriert. Ab jetzt muss sie mit Überraschungen rechnen.

Ein Radfahrer mit Kopfhörern kommt vorbei und zwei kichernde junge Frauen. Dann ist sie wieder allein. Er hat sich wohl verspätet. Taktik?

Plötzlich taucht aus der Freiliggrathstraße eine große, schlanke männliche Gestalt auf. Sie trägt Lederjacke, Jeans, scheint unauffällig, kommt direkt auf sie zugelaufen.

Kommissarin Klenk schätzt den Mann, als er vor ihr steht, auf Mitte vierzig.

„Sind Sie Klangkörper?", fragt er. Sie nickt wortlos, beobachtet jede seiner Bewegungen. In den Augen des Mannes schwimmt die Angst.

Das ist er bestimmt! Er wirkt gehetzt, nervös.

„Klangkörper, wollen wir zusammen ins Archiv gehen? Und du zeigst mir die Urkunde. Ich bin misstrauisch, glaube es nicht!"

Dann zeigt er auf die in der Außenwand des Rathauses angebrachte Elle:

„Dort steht das überlieferte Maß, 56,4 cm. Darauf berufen sich alle seriösen historischen Quellen."

Kommissarin Klenk versucht, in ihrer Rolle als Klangkörper unauffällig zu bleiben.

„Komm mit Günther, ich zeige Dir die Urkunde, wo es um die richtige Maßeinheit geht."

Er bleibt blass im Gesicht. Seine Angst in den Augen ist Richtung Wut geschwommen.

„Du bist neu in der Gruppe und behauptest gleich, dass die Angaben zur Rudolstädter Elle falsch sind. Nimmst Du Dich nicht zu wichtig?"

Kommissarin Klenk lächelt:

„Ich bin für Aufklärung und Wahrheit."

Sie spürt, dass er seine Wut kaum im Griff hat. Gleich wird es passieren.

In dem Moment, wo sie durch die Toreinfahrt des alten Rathauses, hin zum städtischen Archiv gehen, kommt er ihr blitzartig nah, zieht aus seiner Jacke einen Metallgegenstand. Doch kann er nicht mehr damit ausholen, da Kommissarin Klenk ihm so kräftig einen Faustschlag in den Bauch versetzt hat, dass der Mann zurücktaumelt und sich an der Hauswand festhalten muss. Sie fingert nach ihrer Pistole, aus der Gasse kommt Kollege Schieber gerannt.

Günther erkennt sofort seine unterlegene Situation, schreit „Verräter, ihr seid Bullen!", rennt hinaus in die Stiftsgasse, um in der Kirchgasse zu verschwinden.

„Halt, stehenbleiben"; rufen Klenk und Schieber gleichzeitig. Der große schlanke Mann kennt sich in den Gassen aus, ist nicht mehr einzuholen. Klenk und Schieber bleiben enttäuscht stehen, da sie die Spur verloren haben. Am nächsten Tag bekommen sie von ihrem obersten Vorgesetzten eine Rüge.

„Wie könnt Ihr in diesem Fall allein vorgehen? Unverantwortlich."

„Wir müssen rausbekommen, wer sich hinter dem Synonym Günther verbirgt."

Die gesamte Kommunikation in der Gruppe „Regionalgeschichte" wird noch einmal akribisch gelesen. Jetzt findet man Eintragungen der Opfer. Tatsächlich kam es in allen drei Fällen zum Streit um das wahre Längenmaß der Rudolstädter Elle. Kommissarin Klenk kommt die Frage: „Der Täter muss sich im städtischen Archiv auskennen, sonst hätte er nicht unbemerkt den letzten Mord verüben können. Warum hat die Tote am Abend beim Abschließen des Rathaussaales niemand entdeckt? Wir müssen die Angestellten vom Archiv noch einmal befragen."

Erst bringt diese weitere Befragung keine neuen Erkenntnisse. Dann erwacht bei einer Mitarbeiterin doch die Erinnerung:

„Ich schaute aus dem Toilettenfenster, und sah Herrn Frosch unten im Hof. Ich dachte mir nichts dabei, da Herr Frosch öfter ins Archiv kommt."

Klang und Schieber schauen sich an, spüren, dass sich eine konkrete Spur auftut.

„Können Sie uns diesen Herrn Frosch beschreiben?"

„Ja, es ist ein schlanker, sportlicher Mann, Mitte Vierzig, hochgewachsen, kommt immer wieder ins Archiv, kann stundenlang in diversen alten Büchern lesen."

Da sich jeder, der ein Buch ausleiht, mit den Personalien anmelden muss, bekommen Sie gleich seine Adresse.

Die Neugier bei den Mitarbeitern ist groß.

„Später erklären wir Ihnen alles", verspricht Schieber.

Diesmal fordern die Beiden Unterstützung durch eine polizeiliche Spezialeinheit an. Dann machen sie sich auf den Weg zur Wohnung von Herrn Frosch.

Die Polizisten begeben sich in Stellung. Kommissar Schieber klingelt. Es bleibt still. Er klingelt wiederholt. Keine Reaktion.

Kommissar Schieber gibt Zeichen zum Stürmen der Wohnung. Schnell ist die Tür geöffnet, die schwerbewaffneten Polizisten besetzen die einzelnen Räume.

Frosch finden sie nicht, dafür seine Tatwaffe, ein Eisenteil, welches der originalen Elle ähnelt. Die Kommissare sind fassungslos.

„Und bestimmt ist dieses Eisenteil genau 56,4 cm lang. Verrückt." Die sofortige Überprüfung bestätigt ihre Vermutung.

„Was treibt diesen Menschen in so eine Parallelwelt?", fragt sich Kommissarin Klenk. Die Wohnung wird weiter durchsucht. Von Nachbarn erfahren sie, dass Herr Frosch viel auf seiner Tränke im Hain ist. In der Hütte verbringt er manches Wochenende, schläft dort gern.

Schieber muss seiner Kollegin kurz erklären, was die Rudolstädter unter einer Tränke verstehen.

„Können Sie uns den Weg zu dieser Tränke, also seiner Waldhütte, erklären?" Der Mann kann es. Wieder machen sich die Kommissare, mit Unterstützung ihres schwer bewaffneten Sonderkommandos auf, diesmal in den Hain, den Rudolstädter Wald. Als sie in die Nähe der Hütte gelangen, wird der tatverdächtige Frosch schnell gesichtet. Er ist beschäftigt und so abgelenkt. Aber auf sein Gehör kann der Mann sich verlassen, lauscht, bekommt die polizeiliche Annäherung mit.

Sofort, während der Aufforderung: „Halt stehenbleiben, Polizei", versucht er zu flüchten. Ein Eichelhäher schimpft lautstark von einem Baum herab. Von allen Seiten kommen die Männer der Spezialeinheit.

Frosch wird überwältigt und gefesselt. Dann spricht Schieber den amtlichen Teil:

„Herr Frosch, Ihnen wird der vorsätzliche Mord an drei Menschen zur Last gelegt. Außerdem Angriff auf die Staatsgewalt. Sie sind hiermit verhaftet."

Frosch schaut auf, sieht Kommissarin Klenk und schleudert ihr seine hasserfüllten Worte entgegen: „Du hast gelogen, Klangkörper, bist von den Bullen, besitzt keine Urkunde. Alle haben gelogen; wollen die Geschichte umschreiben. Die Drei aus der Gruppe haben die Wahrheit um die Rudolstädter Elle verraten. "

Sein hämisches, triumphierendes Lachen ist für die Kommissarin fast unerträglich.

„Dafür hat sich das Maß tödlich gerächt!"

Jetzt spürt die Kommissarin, dass sie ihre Wut kaum im Griff hat, schreit ihm ins Gesicht:

„Deshalb erschlägt man Menschen, nur weil sie eine andere Meinung haben?"

Die Augen von Frosch funkeln wild: „Sie haben gelogen, alle gelogen, sich die tödliche Rache der Rudolstädter Elle zugezogen. Sie ist das Richtschwert. Und ich habe die Strafe ausgeführt. Ihr Maß kann tödlich sein, wenn es in Frage gestellt wird."

Mehr sagt er nicht, wird anschließend von Polizisten der Spezialeinheit zum Waldweg geführt und in ein bereitstehendes Fahrzeug geschoben. Schieber und Klenk bleiben betroffen zurück, machen sich kurz ein Bild von seiner Hütte.

„Das also ist eine Rudolstädter originale Tränke?" Die Frage muss Kommissarin Klenk ihrem Kollegen stellen.

„Ja, ja, es ist eine echte Tränke", antwortet dieser kurz und macht noch ein Foto von dem Gebäude.

Als beide zum Dienstwagen zurückkehren, bemerkt die Kommissarin mit einem Lächeln:
„Dir wird die Mittwochsbratwurst fehlen." Schieber gibt das Lächeln zurück: „Ich bin offen für Neues. Warten wir ab."

Das Erbe

Er raucht, und es ist ihm egal, welcher Wochentag heute ist, Montag, Dienstag, Sonntag.

Der Fernseher läuft, aber das ist auch egal. Das Programm löst sich als Rauchwolke in Beliebigkeit auf, wird noch unwirklicher, schenkt ihm aber das Gefühl, nicht allein zu sein.

„Da ist jemand mit im Raum, der nichts von mir will." Er denkt an Renate, die ihn einst liebte. Gute Zeiten.

Er hatte mit ihr getanzt, und sie anschließend nach Hause gebracht, nur dass sie dann einen anderen heiratete.

Er raucht und sieht Renate. Ihr Film läuft im Fernsehen.

Er erinnert sich an seinen einzigen Urlaub in Italien, fängt an zu schwitzen, zieht rasch sein Hemd aus, glaubt so, das italienische Leben zu spüren. Spürt die Musik auf der tätowierten Haut, sieht das Meer, den prallen Himmel, der durch die Sonnenbrille betrachtet, noch mehr zu singen beginnt.

Vielleicht ist heute Mittwoch, denn der Tabak schmeckt danach. Am Mittwoch will der Tabak nicht mit ihm raufen, sucht Zärtlichkeit, dem zufriedenen Schnurren einer Katze vergleichbar. Einmal in der Woche ist Mittwoch und der Tabak anders, besser.

Er betrachtet seinen Kalender an der Wand, der dort bereits seit sieben Jahren hängt. Egal. Warum soll er ihn abhängen? Nach sieben Jahren werden die Zeiten auch nicht besser.

Ihn quält das ewige Suchen, immer suchen und nichts finden. Selbst die stechenden Schmerzen in der Brust lassen sich nicht finden, so wie Adressen, Telefonnummern verschwunden bleiben. Auch Renate.

Die auf einem drehbaren, hölzernen Ständer stehende Schneiderpuppe in der Wohnstubenecke gegenüber dem Fenster hält ihm zum Glück die Treue. Oft sieht er sie nicht mehr. Irgendwann kommt ein vorsichtig quietschender Ton aus ihrem vergessenen Winkel, wie eine plötzliche Erinnerung. Er schaut auf, empfängt ein Lächeln, sieht, wie sie sich stolz auf ihrem Ständer hin und her bewegt. Sie darf alles, ohne hinterfragt zu werden. Sie ist sein Erbe.

Vor zwanzig oder dreißig Jahren konnte er seinem Vater gegenüber zum letzten Mal einen Wunsch äußern.

„Die musst du mir schenken."

Der Vater schenkte sie ihm. Dafür durfte er den Vater nicht mehr besuchen. Nie mehr.

„Du hast doch die Schneiderpuppe."

Manchmal steht er auf, und beginnt sie übermütig zu drehen, wie ein Karussell.

Er lacht, hört sein Erbe rufen: „Hör auf, mir wird schwindlig."

Meist ist sie stolz wie eine Königin, doch er weiß, dass sie auch traurig, wütend oder sogar verliebt sein kann.

Die Puppe ist das Beste, was ihm der Vater vererben konnte.

Das Rauchen schmerzt, doch er kann es nicht lassen. Da klingt das schlürfende Geräusch der

Kaffeemaschine nach tröstender Musik. Die Arme schwitzt, würgt. Es scheint, als müsse sie sich ständig erbrechen. Die Tapfere kämpft um jeden Tropfen Kaffee, weiß, dass er den Kaffee braucht. Seine knorrigen, zitternden Hände streicheln über ihren fleckigen Körper. Streicheln den Schmerz in seiner Brust.

Kaffee! Du mein Kaffee!

Kommt schnell, die ihr mühsam und beladen seid! Ich habe Kaffee.

Wir können gemeinsam schweigen, ihn trinken, rauchen und auf die dritte Abmahnung des Vermieters warten, die morgen vielleicht im Briefkasten steckt. Weil die Stille, die ihn besucht, zu schmutzig ist, Müll zurücklässt, die Angst vor Ungeziefer.

In diese Angst zieht kein neuer Mieter, denn zwei Wohnungen im Haus sind bereits frei.

Sie kommen tatsächlich zu ihm, die Mühseligen und Beladenen, bleiben Stunden, schweigen, warten. Keiner weiß, ob der Andere noch da ist. Im Rauch sieht er die Gesichter von Uwe, Detlef und Arno. Renate ist nicht gekommen. Wenn die drei Kaffee bei ihm trinken, bleibt Renate fern. Uwe beherrscht das Stopfen neuer Zigaretten ohne Tabakverlust. Das ist gut.

Die Kaffeemaschine kämpft um jeden Tropfen. Der Fernseher verschwindet in die guten Zeiten. Nur der Schmerz bleibt draußen.

Gerade glaubt er, Vaters Erbe, die Schneiderpuppe, hat seinen Namen gerufen. Dreißig Jahre hat er den Vater nicht mehr gesehen, noch länger die Mutter.

Er steht auf und muss die Schneiderpuppe drehen. Das Erbe ruft: „Hör auf, mir wird schwindlig." Er hört nicht auf, dreht schneller: „Du bist ein Karussell. Karussellfahren macht Spaß. Schneller musst Du Dich drehen. Hab Dich nicht so."
Ein Scherz. Sein einziger Scherz.
Er dreht sie immer übermütiger. Ihr wird wirklich schwindlig. Sie kippt in den Raum, dabei fällt mit einem Aufschrei der Rumpf zu Boden und die einzelnen Holzteile lösen sich.
Die Schneiderpuppe lacht nicht mehr, liegt und stöhnt.
Ein Arzt! Ein Arzt muss schnell her. Die Telefonnummer lässt sich nicht finden.
„Schnell, ein Arzt für mein Karussell."
Vor seinen Augen beginnt sich ebenfalls alles zu drehen.
Uwe stopft ohne großen Tabakverlust Zigaretten. und Detlef schenkt sich eine Tasse Kaffee ein.
„Einen Arzt!", kann er zum letzten Mal rufen, dann zersplittert der Schmerz in seiner Brust. Nun liegen sie nebeneinander auf dem Boden.
Bevor er aufhört zu atmen, streicheln seine knorrigen, zitternden Hände ihren Rumpf, diesen wunderschönen Körper.

Schillers heimliche Geliebte

Caroline Bleulwitz arbeitete schon viele Jahre in der Rudolstädter Schillerapotheke. Sie war gerade mit dem Aufräumen und Sortieren des Tagesgeschehens beschäftigt, was die Bearbeitung von Bestellungen, Auslieferung einzelner Medikamente und diverser Dokumentationen bedeutete. In diesem Moment betrat ein hochgewachsener schlanker Herr mittleren Alters im langen Lodenmantel, auf dem Kopf einen passenden dunklen eleganten Hut, den er aber beim Eintreten abnahm, die Apotheke. Dadurch wurde sein dunkelrotes lockig-mittellanges Haar sichtbar. Auffällig schien ebenfalls die kantige Nase, so dass seine Erscheinung sofort Erinnerungen an eine bestimmte Person assoziierte.

Caroline wusste aber nicht, an wen konkret.

Der Mann schaute sich fast etwas scheu um, betrachtete die ausgelegten Medikamente, Pflaster, Nahrungsergänzungsmittel, Salben und Tees, nahm sich dafür Zeit.

Caroline wollte eigentlich ihren Feierabend vorbereiten, musterte diesen ungewöhnlichen Menschen genau, hatte tatsächlich keine Idee, an wen er sie denn nun erinnerte.

Seine Stirn war breit, die Nase dünn, knorpelig, in einem merklich scharfen Winkel hervorspringend, auf Papageienart gebogen und spitz. Die Augenbrauen rot, nahe den tiefliegenden dunkelgrauen Augen. Das Kinn stark, die Wangen blass, etwas eingefallen und ziemlich mit Sonnenflecken besät. Der ganze Kopf, der eher geistermäßig als männlich war, hatte viel Bedeutendes, Energisches. Jedenfalls machte er trotz seiner Ruhe einen pathetischen, energischen, wie aus der Zeit gefallenen Eindruck.

Als dieser besondere Kunde zu sprechen begann, war sie froh. „Die Gegend um Rudolstadt ist außerordentlich schön. Ich hatte nie davon gehört und bin sehr überrascht worden. Doch jetzt hat mich eine leichte Erkältung erfasst, und ich benötige Nasentropfen."

Seine korrekte Sprache passte zu der gesamten Erscheinung und überraschte Caroline Bleulwitz nicht wirklich.

Sie empfahl ihm einige Produkte. Er zuckte nur kurz mit den Schultern, überlegte:

„Hauptsache sie sind wohlfeil."

Aus einem ledernen Beutel nahm er das Geld zum Bezahlen, dankte und verabschiedete sich.

Caroline Bleulwitz glaubte, soeben einen Kinosaal zu verlassen, fühlte sich zwischen die Stühle geraten, zwischen Dichtung und Wahrheit.

Sie konnte später auch nicht sagen, ob er wirklich und wenn ja mit welchen Geldstücken bezahlt hatte.

Eine andere Mitarbeiterin, die eben das Büro verließ, sah ihre Nervosität, fragte besorgt:

„Was ist mit Dir los?"

Caroline war so betroffen, dass sie nicht laut sprechen konnte, sie flüsterte: „Ich hatte eben eine Erscheinung, einen bekannten Geist bedient. Mir fällt nur sein Name nicht ein."

Die Mitarbeiterin schüttelte noch besorgter den Kopf:

„Na ja, Beruhigungstropfen haben wir genug, solltest Du welche benötigen."

Caroline Bleulwitz liebte die Weimarer Klassiker, besonders aber Schiller. Als sie, wie so oft, am Abend in einem Gedichtband von ihm las, da durchzuckte sie ein Gedanke: Schiller! Der ungewöhnliche Mann, zum Feierabend in der Apotheke, sah aus wie Friedrich Schiller, zumindest wie sie den Dichter von zeitgenössischen Darstellungen kannte.

Caroline wurde nervös. Der Vergleich war einfach verrückt, ja unmöglich. Aber die Ähnlichkeit war da. Und dann seine altmodische Kleidung, der Geldbeutel aus Leder. Schiller hatte sich in Rudolstadt aufgehalten, hier seine spätere Frau kennengelernt, ihr Briefe geschrieben.

Die Schönsten, sie hatte alle gelesen, schrieb er während des Sommeraufenthaltes 1788 im Ortsteil Volkstedt.

Caroline benötigte frische Luft, einen abendlichen Spaziergang, um Entspannung in ihren Kopf zu bekommen. Hatte sie zu viel Schiller gelesen? Ihr Mann behauptete das zumindest öfter.

Caroline versuchte sich gegen die Einflüsterung: „Du bist Schiller begegnet", zu wehren. Ihr Mann rief gerade: „Solche Idioten", war mit einem scheinbar wichtigen Fußballspiel im Fernsehen beschäftigt. Der würde sie vollkommen für verrückt halten, wenn er ihre Vermutungen mitbekäme, und überhaupt, niemanden wollte Caroline in ihre Gedanken einweihen. So kämpfte sie gegen das Gefühl der Einsamkeit, gegen Fieber und gegen Schiller.

Vielleicht sollte ich wirklich ein anderes Buch lesen, andere Gedichte, eine Schiller-Pause einlegen. Caroline beschloss, Vorsorge gegen strapazierte Gedanken zu treffen.

Eine Woche später, am Mittwoch kurz vor Schließung der Apotheke, betrat der ungewöhnliche Mann, wieder in seinen dunklen, langen Mantel gehüllt, den klassischen Hut auf dem Kopf, etwas durchnässt, denn es regnete, die Apotheke. Er schüttelte sich, als könnte so die gesamte Nässe wie von einer Regenschirmbespannung abfallen, kam, ohne sich umzuschauen, direkt auf Caroline Bleulwitz zu. Dann nahm er den Hut vom Kopf, so dass sein rötliches Haar in geordneten Locken auf die Schultern fiel.

„Wie gefällt Ihnen denn das Regenwetter? Mir sieht es gerade so aus, als wollte es uns um schöne Partien bringen. Jetzt komme ich mir vor wie in Weimar. Ich bin auf meine vier Wände reduziert, und wenn nicht manchmal eine Kuh blökte oder meine Pfauen mir vor dem Hause mit ihrer Silberstimme die Honneurs machten, so würde ich gar nicht gewahr, dass Leben um mich ist."

Caroline hatte diese Worte ebenfalls schon einmal irgendwo gelesen, ganz bestimmt in einem Brief von Schiller. Ganz sicher aus dem Sommer in Volkstedt 1788. Sie tat beschäftigt, dachte dabei: „Nur nicht gleich aufschauen, in seinen dunkelgrauen Augen versinken, dazu die dunkelroten Haare, die markante Nase, eben Schiller sehen."

Aber irgendetwas sollte sie sagen:

„Das Wetter ist wirklich nicht schön. Man muss sich vor Erkältung vorsehen."

Er nickte, verlangte dann Tropfen, die hilfreich für Probleme mit dem Reizmagen sind. Caroline zeigte wieder verschiedene Produkte, die ihm alle scheinbar egal waren.

„Hauptsache die Tropfen sind wohlfeil."

Bezahlte wieder aus seinem Lederbeutel und verabschiedete sich.

Diesmal hatte sie sich fest vorgenommen, auf die Bezahlung zu achten. Trotzdem gab es später keine Erinnerung daran.

Caroline Bleulwitz beschloss, sollte er wiederkommen, ihm ein Angebot als Stammkunde zu machen. Dann wüsste sie auch, wie er hieße und wo er wohnte. Schiller hatte 1788 Unterkunft in Volkstedt beim Kantor Unbehaun gefunden. Wie sie sich erinnerte, ging es wirklich um genügend Stille zum Arbeiten. Und dann sprach er von Weimar. Sie hatte es doch genau gehört! War das alles Einbildung, Täuschung, als Ergebnis ihrer zu über- spannten Beschäftigung mit Balladen von Schiller? Genau eine Woche später, am Mittwoch kurz vor Feierabend, betrat er erneut die Apotheke. Eigentlich hatte Caroline gewartet, wäre enttäuscht gewesen, wenn der Mann nicht gekommen wäre. Auch heute lief er gleich auf sie zu und beschrieb nach der Begrüßung seine Eindrücke.

„Seit vierzehn Tagen bin ich nun hier in einer sehr angenehmen Gegend, eine kleine halbe Stunde von der Stadt und in einer sehr bequemen heitern und reinlichen Wohnung. Das Glück hat es gefügt, dass ich ein neues Haus, das besser als es auf dem Lande sonst geschieht, gebaut ist, finden musste."

Caroline nutzte sofort die Gelegenheit, um ihn als Stammkunde zu werben. Er reagierte unentschlossen, als wüsste er nicht, was dies bedeutete, nickte, vermutlich ihrer Freundlichkeit zuliebe.
„Dann bräuchte ich Ihren Namen?"
„Schiller, Friedrich."
Der Mann sagte dies als besäße er einen Allerweltsnamen. Caroline spürte die Hitze im Kopf, das Fieber kam nun doch. Auf dem Computer ging gerade nichts. Sie musste das Programm neu starten.
Caroline flüsterte ein „Entschuldigung, die Technik!"
Er lächelte verständnisvoll, schien den Computer zu übersehen.
Sie wiederholte ihre Frage:
„Sie heißen also...?"
„Friedrich Schiller"
Caroline tippte mit zitternder Hand den Namen ins Programm.
„Sie wohnen wo?"
„In Volkstedt, gegenüber der Kirche, beim Kantor."
Caroline dachte nicht nach, hoffte darauf, jetzt nur zu funktionieren, und tippte seine Angaben, mit zitternder Hand, ins Programm:
„Rudolstadt-Volkstedt, Breitscheidstraße, Pfarrhaus." Später ergänzte sie noch die Hausnummer.
„So, Sie sind jetzt bei uns im Programm. Das bedeutet, wir beteiligen Sie an allen Ermäßigungen."
Er nickte wieder selbstverständlich, verlangte dann Halspastillen und einen Erkältungstee.

Als er den ledernen Beutel mit Geld in der Hand hielt, musterte der Mann Caroline eine Weile nachdenklich.

„Darf ich ihnen ein Kompliment aussprechen? Es ist etwas sehr anziehend Angenehmes in Ihrem Wesen. Gern würde ich Sie auf einen Spaziergang einladen." Caroline sah keine Chance, das Fieber zu verhindern. Sie glaubte, jeden Augenblick den Boden unter ihren Füßen zu verlieren, der Kraftlosigkeit und dem Schwindelgefühl ausgeliefert zu sein.

„Ja, gern", hauchte sie ihm entgegen. „Wann würde es passen?"

„Vielleicht nächste Woche Mittwoch, nachdem Sie Feierabend haben."

„Einverstanden", hauchte sie erneut, hoffte, dass er nun schnell ginge, damit sie ihre Gedanken sortieren konnte.

Wieder fehlte die Erinnerung an das Bezahlen. Caroline Bleulwitz kam heute später nach Hause, da sie einen langen Spaziergang brauchte. Ihren Mann störte dies wenig, da er, nach der ersten Halbzeit, mit den Ergebnissen des Fußballspieles zufrieden war.

Seine Frau erklärte, sie sei sehr müde und würde heute schon schlafen gehen. Schlafen konnte sie aber nicht. Ihre Gedanken kreiselten, setzten sich mit Wahrhaftigkeit auseinander.

Immer wieder flüsterte leise in ihrem Kopf eine Stimme den Namen Friedrich Schiller. Warum hatte sie zu dem Spaziergang mit ihm ja gesagt? Der Mann hatte etwas Anziehendes. Aber auch das Geheimnisvolle, Unerklärliche beschäftigte

Sie. Außerdem gefiel er ihr. Und es bot sich die Chance, diesen Menschen kennenzulernen, vielleicht zu erfahren, was seine Ähnlichkeit zum historischen Schiller ausmachte.

Je näher der nächste Mittwoch kam, umso nervöser wurde sie, las bewusst einen Roman, der nicht von Schiller stammte, andere Gedichte, benötigte lange Spaziergänge und ging zeitig schlafen. Dann kam der verabredete Mittwoch. Den Kolleginnen fiel ihre Zerstreutheit auf. Sie schlugen Caroline vor, am Abend früher Feierabend zu machen. Das lehnte sie ab, auch die Unterstützung durch eine zweite Mitarbeiterin.

Sie nahm alle Kraft zusammen, alle Gedanken, um keinen Anlass für Änderungen in der Dienstzeit zu geben.

Es wurde 18 Uhr. Er betrat diesmal nicht die Apotheke. Caroline war enttäuscht und froh zugleich. So gab es Ruhe und Zeit für die abschließenden Dokumentationen.

Als Caroline dann endlich aus der Apotheke trat, stand er abseits, trat auch diesmal langsam auf sie zu, nahm zur Begrüßung seinen Hut vom Kopf. Caroline sah, wie das rote, gelockte Haar in Fluss kam, nach unten strömte, so wie es auf klassischen Schiller Darstellungen in Fluss kam.

Ihr Vorschlag für einen Spaziergang war das Dorf Zeigerheim. Sie liefen eine Weile schweigend nebeneinander, die Straße Richtung Zeigerheim. Caroline wurde es zu still.

„Wie geht es Ihrer Gesundheit, Herr Schiller, Ihrer Erkältung und den Magenproblemen? Hat unsere Medizin geholfen?"

Der Mann schwieg noch eine Weile und als sie an den letzten Häusern vorbeiliefen, erklärte er:

„Der Schnupfen ist bei mir zurückgetreten und hat mich gestern den ganzen Tag und die ganze Nacht mit Hitze, Kopfweh und vieler Unruhe gemartert. Ich habe bis spät in die Nacht gearbeitet. und nun wurde ich so echauffiert, dass ich die ganze Nacht schlaflos zubrachte. So gehts, wenn man aufschiebt. Das hat mich meine Mutter schon gelehrt."

Wieder verschlug es Caroline ihre hochdeutsche, zeitgemäße Sprache, denn er, das wusste sie, verwendete die Sprache der Schiller Briefe aus der Weimarer Gesamtausgabe. Caroline bedrängten so viele Fragen an ihn, aber sie spürte deutlich, dass dies noch fehl am Platz wäre. Er liebte das gemeinsame Schweigen und genoss es scheinbar. Als sie schon die Kirchturmspitze von Zeigerheim aus dem Feld wachsen sahen, begann er plötzlich zu erzählen.

„Die Arbeiten, mit denen ich diesen Sommer gern zu Stande kommen möchte, sind der Geisterseher, der leicht auf fünfundzwanzig bis dreißig Bogen anlaufen dürfte, der zweite Teil meiner niederländischen Rebellion und der Rest eines ersten Theaterstückes. Noch steht es dahin, ob dieses der Menschenfeind oder ein anderes sein werde, dass ich, wie der Schwabe sagt, an der Kunkel habe, und hier und da ein Aufsatz für die Zeitschrift Mercur. Aus dem bisherigen Lauf meiner Schreibereien zu schließen, dürfte dieses Unternehmen wohl fast übertrieben sein. Indessen wir wollen sehen."

Caroline fühlte sich verzaubert. Sie hatte Schillers Briefe, gerade was den Volkstedter Sommer 1788 betraf, immer wieder gelesen und diese Schriftstücke lieben gelernt. Daher kannte sie deren Ausdruck, selbst einzelne Worte waren vertraut. Befand sie sich auf dem Spaziergang mit einem Schauspieler, der problemlos rezitierte?

Caroline lauschte seiner schönen erzählerischen Korrektheit, die ihre eigenen Gedanken in ein Chaos stürzte. Sie wusste nicht einzuordnen, ob das alles nur eine Inszenierung war oder doch die Inkarnation des wahren Schillers. Der Mann wirkte nicht nur sprachlich sehr identisch.

Er konnte doch nicht wirklich Schiller sein? Caroline kam sich wie auf einem Sonntagsspaziergang vor. Er gab das Tempo an, gleichmäßig, aber entschlossen. Sie fand trotzdem schnell Anschluss an seinen Schritt.

Als beide an Zeigerheim vorbeiliefen, überkam sie Unruhe. Ich bin verheiratet, gehe hier mit einem fremden Mann spazieren. Na und, mein Günther wartet Mittwochabend nicht auf mich. Da ist er ganz mit Fußball beschäftigt.

Trotzdem verstärkte sich ihre innere Unsicherheit durch das Schweigen des Fremden. Viel Reden und Fragen würde ihn verstören. Auch er schien den Spaziergang nicht ausweiten zu wollen.

„Wie wohl ist mir in so angenehmer Gesellschaft. Ein Waldbach, der sich in die Saale ergießt und über den eine schmale Brücke führt, könnte das Ziel unseres Abschieds sein."

Caroline war sofort damit einverstanden. Sie hätte so viele Fragen, fühlte sich aber nicht in der

Lage, sie zu stellen. Ihre Gesichtszüge wirkten fast wie in Ängstlichkeit aufgelöst. Er lächelte gleichbleibend, schien innerlich über ein bestimmt epochales Werk nachzudenken, vielleicht die niederländische Rebellion oder den Menschenfeind? An der Brücke sah er in ihr Gesicht wie in ein unvollkommenes Werk. Caroline strengte sich an, die Unsicherheit daraus zu verbannen. Aber was nützte es: Der Mann sprach mit ruhigen, wohltuenden Worten:

„Heute möchte ich mir die Erlaubnis von Ihnen ausbitten, Sie wieder für den kommenden Mittwoch, um die gleiche Zeit auf einen weiteren Spaziergang einladen zu dürfen."

Caroline nickte, war froh, dass sie sich für heute verabschiedeten. Nächste Woche würde sich eine weitere Möglichkeit für Fragen bieten.

Danach lief er tatsächlich Richtung Volkstedt. Caroline Bleulwitz ärgerte sich, ihn nicht dorthin begleitet zu haben. Dann hätte sie gewusst, ob er gegenüber der Kirche im Pfarrhaus, damals dem Kantor Unbehaun gehörend, wohnte. Caroline glaubte in diesem Moment, verrückt zu werden. Das wahre Leben schien zu entgleiten. Schnell zum Smartphone greifen, den Mann anrufen, zurückkehren. „Günther, ich bin gleich Zuhause. Das war heute so ein anstrengender Tag, dass ich noch einen Spaziergang benötigte."

Im Hintergrund hörte sie den bekannten Fernsehreporter vom Fußball und wusste, dass die Verspätung für ihren Mann kein Problem war.

Die letzte Zeit wünschte sich Caroline etwas Ungewöhnliches, was aus dem normalen Rahmen ihres Leben fiel. Die Tage vergingen freundlich nett, sich wiederholend, mit der Zeit ermüdend, so dass sie viel über Veränderung nachdachte. Aber wie? Ihren Mann hätte sie gern mit im „Boot". Doch mittwochs abends gingen keine Veränderungen, denn Fußball lief immer mittwochs im Fernsehen. Auch samstags, sonntags gingen keine Veränderungen, montags auch nicht, denn da war Yoga, und donnerstags nicht, da wiederum traf sie sich öfters mit ihrer Freundin Eva oder nahm an den Proben des Oratoriumschores teil.

Aber wann gingen dann Veränderungen?

Übrig blieben Dienstag und Freitag.

Dass ihr Wunsch nach etwas Neuem mit dieser schillerschen Erscheinung in Erfüllung ging, wurde ihr gerade zu viel. Doch vielleicht lag in der Natur von Veränderungen eine gewisse Radikalität.

Widersprüche sind bissig, können weh tun. Auf der einen Seite sehnte sie den kommenden Mittwoch herbei, andererseits wollte sie ihn verzögern. Die Nervosität wuchs. Günther bekam davon nichts mit, da sie äußerlich die gewohnten Rituale lebte.

Doch der nächste Mittwoch kam unweigerlich.

Im Montags-Yoga bereitete sie sich darauf vor, probte entspanntes Selbstbewusstsein. Diesmal sollte Niemandem in der Apotheke etwas Besonderes auffallen.

Schnell wurde es am verabredeten Tag 18 Uhr. Letzte Aufträge und übliche Dokumentationen wurden abgeschlossen. Caroline spürte, dass er draußen wartete. Heute empfahl sie einen Spaziergang am Unteren Hain entlang. Dann hatte er auch einen schönen Blick auf sein Volkstedt.

Der war einverstanden, und Beide liefen wieder lange schweigend nebeneinander her.

Bei Caroline stellte sich ein ähnliches Gefühl wie letzten Mittwoch ein. Sie wollte ihn nicht durch viel Reden und Fragen verwirren.

Dann begann doch er wieder:

„Sie sind heute heiter und froh? Ich hoffe es und wünsche es herzlich, denn die Ruhe meiner Freunde trägt auch zu der meinigen bei. Und das möchte ich immer. Ihre Gesellschaft ist mir zu jeder Stunde lieb und willkommen."

Er schwieg einen Augenblick, um dann schwärmerisch fortzusetzen:

„Rudolstadt und diese Gegend überhaupt sollen, wie ich hoffe, der Hain der Diana für mich werden."

Diese Passage aus den Volkstedter Briefen von Schiller war ihr sehr vertraut. Sie hätte sie ebenfalls ohne Mühe sprechen können.

Jetzt glaubte Caroline Bleulwitz zu spüren, dass er ihre Nähe suchte, sie vielleicht küssen wollte. Doch Caroline wich aus. Sie konnte doch nicht Schiller küssen!

In seinen Gesichtszügen glaubte sie, eine gewisse Enttäuschung zu erkennen. Nein, das ging nicht, den Klassiker küssen. Die Literaturgeschichte müsste umgeschrieben werden. Und als heimliche Geliebte fehlten ihr die Kraft und der Mut. So viel Veränderung konnte sie nun doch nicht aushalten! Dieses Ereignis überforderte Caroline. Das Gefühl von Fieber kehrte zurück.

Schiller sprach weiter, brachte den Text, welchen er später in Briefform bringen würde, voran, wobei sie froh war, dass er sich überhaupt wieder äußerte. Oder gab es den Text bereits, geschrieben vor über zweihundert Jahren?

Caroline entschied, das Geschehen nicht mehr in Zweifel zu stellen, einfach als kurze Episode mit Märchencharakter zu leben. Nicht mehr fragen: Schiller oder Schauspiel? Beides gehörte zusammen.

Schiller lebte für das Schauspiel. Warum also sollte er nicht vor ihr weiterspielen, der Historiker, Poet, Briefeschreiber, Schauspieler, Schriftsteller, Liebhaber, Kranke und Mittellose? Er der Professor. Aber der war er ja im Sommer 1788 in Volkstedt noch nicht.

„Wüsst ich nur etwas, was mich eben so schön an Sie erinnern könnte. Ihr Bild soll mir lebendig bleiben. Dies bedarf keiner äußerlichen Hilfe, denn alles Gute und Schöne hat eine unsichtbare Wirkung und ein unsichtbares Zeichen."

Caroline fiel darauf keine Erwiderung ein. Was sollte sie zu Schiller sagen? Was ihn in ihrem anständigen Hochdeutsch fragen?

Sie fühlte ihr zurückgekehrtes Selbstbewusstsein, hatte eine Entscheidung getroffen, vielleicht doch mit Hilfe ihrer Montags-Yoga-Übungen? So schön fasste er seine Zuneigung und Sympathie für sie in Worte. Aber dieses Kompliment war ja für Charlotte von Lengefeld gedacht.

Ganz praktisch könnte sie mit Friedrich Schiller eine geheime Liebschaft anfangen. Günther würde davon höchstens später in diversen Biografien lesen, denn die müssten ja ergänzt werden. Doch Günther las nicht.

Caroline zeigte Richtung Volkstedt und erklärte: „Da hinten wohnen Sie wohl."

Sie beobachtete seine Reaktion, sah, dass er zufrieden nickte. Nächstes Ziel war Schloss Heidecksburg, welches er bereits kannte.

„Hier oben kann man sein Herz an der außerordentlichen Umgebung und heiterer Natur erwärmen. Und man weiß sich ganz in der Nähe einer resoluten Frau, Gräfin Katharina. Ich habe ihre Geschichte im historischen Adelsspiegel von Cyriakus Spangenberg gefunden und aufgeschrieben. Den Herzog Alba hatte ich bereits in meinen Don Carlos mit einbezogen."

Caroline kannte Schillers Anekdote vom Herzog Alba bei einem Frühstück auf dem Schlosse zu Rudolstadt gut, hatte sie bereits mehrmals gelesen.

Dabei ging es ihr ähnlich wie bei den Briefen: es gab auswendig gelernte Lieblingspassagen. Dann liefen beide die Schlossstraße hinunter und verabschiedeten sich.

In der folgenden Nacht konnte sie nicht schlafen, stand am nächsten Tag mit Kopfschmerzen auf.

Am nächsten Mittwoch wartete er nicht auf sie, Caroline erhielt dafür einen Brief mit in der Apothekenpost. Äußerlich zeigte er bereits bräunliche Flecken, wirkte mit seinem roten Siegelverschluss wie ein antiquarisches Dokument.

Caroline zog sich in der Mittagspause an einen stillen Platz zurück, um den Brief mit zitternder Hand zu öffnen.

Vor ihr lag ein Schreiben mit Schillers Schrift. Sie kannte diese von verschiedenen Veröffentlichungen.

„Sehr geehrte Frau, es ist sonderbar und unbegreiflich, wie sich Menschen finden.

Ich denke gern über die Wege nach, die uns in letzter Zeit zusammenführten. Wir kennen uns erst ein paar Wochen, und mir ist, als wären wir schon immer Freunde gewesen. Doch jetzt ist es mir fast unmöglich, weiterhin eine Freundschaft zu denken. Des Lebens Genuss ist zu unterschiedlich beseelt, und ich, um den Schmerz zu umgehen, wende mich einer anderen Freundschaft zu, der Liebe zu Charlotte von Lengefeld. Seien Sie nicht traurig! Die Spaziergänge mit Ihnen umgab ein freundlicher, heiterer Zauber. Ewig Ihr Schiller"

Das war ein Abschied. Sie würde ihn nicht wiedersehen, ihren Schiller. Gut so, denn er musste in seine Zeit und Geschichte zurückkehren. Dort konnte er Großes und Notwendiges tun. Schließlich sollte er noch Schauspiele wie Wallenstein und Wilhelm Tell schreiben und Professor in Jena werden. Und natürlich seine Charlotte heiraten! Sie spürte Traurigkeit aber auch Erleichterung, fühlte sofort Entspannung im Körper und das Zurückweichen des Fiebers. Nachdenklich ging sie wieder an ihre Arbeit in der Apotheke, und das unter Einsatz höchster Konzentration, denn keine ihrer Kolleginnen sollte etwas von ihrem aufgewühlten Gemütszustand mitbekommen.

Gegen 18 Uhr, dann, als Caroline alle offenen Aufträge sortiert und beendet, die Dokumentation ordnungsgemäß abgeschlossen hatte, kam noch einmal das Gefühl von Unruhe auf. Doch plötzlich packte sie ein unkontrollierter Lachanfall hin bis zu einer merkwürdigen Erschöpfung, mit der sie wieder zu ihrem Alltag zurückkehrte. Die letzte Mitarbeiterin zog sich schnell zurück, sprach nicht weiter über diese seltsame Anwandlung von Caroline Bleulwitz.

Als sie dann endlich Feierabend hatte, die Apotheke verließ, regnete es. Noch einmal ging ihr Blick zu dem Platz, wo er sonst auf sie gewartet hatte. Heute wartete niemand.

Gut so, dachte sie. Bei dem Regen würde Schiller sich nur eine Erkältung zuziehen. Caroline kam pünktlich zu Hause an, das Fußballspiel im Fernsehen hatte noch nicht angefangen, so dass sie gemeinsam mit Günther Abendbrot essen konnte. Heute zeigte er sich von seiner fürsorglichen Seite, streichelte Carolines Haar und gab ihr einen unerwarteten Kuss. In Günthers Augen das sah sie, leuchtete das Glück. Vielleicht der Anfang von einem neuen Märchen?

Drei Tage später holte Caroline Bleulwitz noch einmal den Abschiedsbrief von Schiller aus dem Versteck, betrachtete ihn mit etwas Melancholie, entschied, ihn im Städtischen Archiv untersuchen zu lassen. Sie wollte doch Aufklärung erfahren, ob die Begegnung Wahrheit oder Dichtung war. Die Mitarbeiter zeigten sich natürlich überrascht, einen auf Echtheit zu überprüfenden Brief, angeblich von Friedrich Schiller; vor sich liegen zu haben. Sie ahnten nicht, dass er an Caroline Bleulwitz gerichtet war.

Mit weißen Handschuhen ausgestattet, bewegte die städtische Archivarin das Schriftstück, las,
und meinte nach längerer Betrachtung:
„Ich muss den Brief sofort an das Schillerarchiv in
Weimar schicken. Dort gibt es zur Untersuchung
bessere Möglichkeiten. Mein erster Eindruck ist,
es handelt sich tatsächlich um einen Brief aus
dieser Zeit, der vermutlich von Friedrich Schiller
stammen könnte. Wenn das stimmen sollte, ist
noch nicht abzusehen, welchen Einfluss er auf
Ergänzungen oder Veränderungen in seiner Biografie hat. Das ist ein unbezahlbarer Schatz. Und
ich danke ihnen, Frau Bleulwitz, dass sie uns diesen Brief überlassen. Für die Literaturgeschichte ist es ein ganz wertvoller Baustein." Caroline
Bleulwitz schmunzelte still. Später wurde ihr vom
Schiller-Archiv in Weimar noch einmal gedankt
und bestätigt, dass der Brief, nach gründlicher
Untersuchung der Papiersubstanz, tatsächlich
aus der Zeit der Weimarer Klassik stammte. Auch
die Handschrift war mit der von Schiller identisch.
Caroline Bleulwitz erfüllte Glück und Zufriedenheit, denn sie hatte etwas Ungewöhnliches erlebt.
Sie spürte, dass zurückgekehrte innere Gleichgewicht und wusste, dass es doch ein Geheimnis
im Leben von Friedrich Schiller gab: eines seine
heimliche Geliebte betreffend.

*(Teile des Dialoges für die Figur des „Schillers"
stammen aus den original Volkstedter Briefen von
Friedrich Schiller.)*

Das verhängnisvolle Spiel

Max Distler litt unter seiner besonderen Begabung. Er roch Düfte intensiver als andere Menschen, konnte über diese – das war ihm oft genug
unheimlich – deren wahre Gedanken und Taten
analysieren.

„Ich will das nicht wissen:" Er schaute zu Boden,
wurde mit Stubenarrest bestraft, da er so trotzig
war.

Da Max sich häufig in häuslichem Arrest befand,
entwickelte er ein Verständnis vom Leben in Spiel
und Natur und wurde – mit einem Hang zur Grü-
belei – schnell sehr groß.

Der oft ungewollte Einblick in die intimsten Wahr-
heiten von Freunden war ihm nicht recht. Aber wer
verstand das schon! Beliebt waren in den Kinder-
jahren von Max Distler seine Geburtstagsfeiern.
Freunde, und alle, die ihn irgendwie kannten,
wollten eingeladen werden.

„Sieben darfst Du einladen", erklärten die Eltern.
Es waren dann immer Acht, die kamen, denn Max
verzählte sich regelmäßig mit Absicht. Und wenn
der Achte, ordentlich gekleidet und gekämmt, unschuldig, das Geschenk in den Händen haltend;
vor der Tür stand, konnten die Eltern ihn nicht
mehr wegschicken.

Tradition war, dass sich alle Freunde während der
Geburtstagsfeier verkleideten, denn es war Februar, Faschingszeit. Daher gab es auch Pfann-
kuchen, wobei drei mit Senf gefüllt waren. Alle
warteten, damit Max schnell die drei Senfpfann-
kuchen erkannte.

„Max, schnupper wieder den Senf heraus."

Max schnupperte und meinte, diesmal hätten die Eltern süßen Senf verwendet. Das gab großen Beifall. Max roch auch, dass Freund Anton neidisch war und Otto später sein Donald-Duck-Buch heimlich einstecken würde.

Ein besonderer Höhepunkt, ein Jahr für Jahr zelebriertes Spiel, war, „Stuhl riechen". Natürlich warteten alle, dass Max der Ratende war, denn der bekam alles heraus, wusste, wer auf welchem Stuhl gesessen hatte.

Er roch gleich sämtliche anwesende Gedanken seiner Freunde, auch die Hintergedanken. So kam es, dass sich die Teilnehmerliste zu seinen Geburtstagen jedes Jahr anders zusammensetzte.

„Warum lädst Du Otto nicht wieder ein? Der ist so höflich", fragten die Eltern.

„Der hat geklaut", antwortete Max.

Mit zwölf Jahren wollte Max niemanden mehr zu seinen Geburtstagen einladen, sondern allein feiern.

Max wurde traurig, aber auch einsam.

„Du bist ein Eigenbrötler" behaupteten die Eltern, machten sich Sorgen. Sie suchten ein Gespräch mit Lehrern und Psychologen.

Eine Lösung gab es nicht, denn bei Max war die Nase das Problem. Und welcher Pädagoge vermutete eine übermäßige Sensibilität des Riechorgans?

Max roch natürlich auch zu Hause alles: wann sich die Eltern stritten, ob harmlos oder ernsthaft, wann sie sich liebten, wann sie welchen Urlaub planten oder Veränderung oder Renovierung.

Was dann wieder Stress bedeutete! Natürlich roch er, dass die Eltern pädagogische Schritte für oder gegen ihren Sohn planten.

Max war nicht glücklich und suchte nach einer Lösung.

Er begann extreme Gerüche wie Essigessenz oder WC Reiniger zu erschnüffeln, wollte, dass so seine empfindliche Nase ausgebremst würde.

Am Anfang wurde ihm schlecht, doch später gewöhnte sich Max.

In der Schule, im Klassenraum, versuchte er allein zu sitzen, denn keinen seiner Klassenkameraden konnte Max sozusagen riechen.

Das Vorhaben gelang da er sowieso als unnahbarer Eigenbrötler galt.

Dass ihr Sohn auf Küchengerüche sehr allergisch reagierte, bekamen die Eltern schnell mit. So wurden vorrangig geruchsarme Speisen wie Nudeln, Pellkartoffeln oder Reisgerichte gekocht.

Zwiebeln, Knoblauch, überhaupt starke Gewürze versetzten ihren Sohn in regelrechte Hysterie.

Sie glaubten teilweise, dass er kolabieren würde, denn einmal lag Max wirklich ohnmächtig auf dem Fußboden. Dabei hatte der Vater mit viel Liebe und Zeit einen Entenbraten zubereitet. Max, nachdem das Bewusstsein zurückgekehrt war, bekam davon keinen Bissen herunter. Es wurde viel gelüftet in der Wohnung von Familie Distler, und der Lüfter über dem Herd war im Dauereinsatz.

Ähnlich reagierte der älter werdende Max auf Parfüms. Selbst kleinste Duftnuancen führten zu Erstickungskrämpfen. Genauso ging es ihm mit

Schweißgeruch: schon bei leichten verschwitzten Zuständen bekam er Bluthochdruck.

So war Max gezwungen, Abstände einzuhalten. Das Leben wurde zum Zwang, ließ ihn immer stärker in eine Form der depressiven Verstimmung rutschen. Mit sechzehn Jahren äußerte er seinen Wunsch auszuziehen: „Ich kann Euch nicht mehr riechen", erklärte der Junge seinen Eltern. „Ich ertrage Euer Kochen, Putzen, Eure Freunde, das Fernsehprogramm, die Musik nicht mehr."

„Wie stellst Du Dir Deine Wohnung vor?" Seine Eltern waren hilflos.

Max zuckte mit den Schultern: „Ich möchte weit weg von Euch wohnen, ohne die üblichen Gerüche."

Die Mutter überlegte: „Vielleicht hilft es Dir, zumindest für den Anfang, in unsere Gartenhütte zu ziehen? Wir besuchen Dich auch nicht. Du kannst alles, was Dir nicht passt, ausrangieren und Dir selbst Mobiliar besorgen, natürlich geruchsfrei."

Max war mit diesem Angebot einverstanden. Gemeinsam entrümpelten sie die Hütte, wobei Max noch einmal mit einem Kreislaufkollaps kämpfen musste, da er den Geruch von Holzpolitur sehr intensiv wahrnahm. Ein Stuhl und der Tisch durften bleiben.

„Ich möchte Euch nie wieder sehen", erklärte Max zum Abschied seinen Eltern.

„Von was willst Du leben?", fragte die Mutter mit Tränen in den Augen. Ihr Sohn lächelte, und das kam in letzter Zeit sehr selten vor.

„Ihr habt doch im Garten viel angebaut. Das werde ich weiter pflegen und auch ernten. Ich lebe von dem, was hier wächst. Und wenn nichts wächst, wird es liebe Menschen geben, die mir etwas zu essen bringen. Die viele Hilfsbereitschaft und Nächstenliebe rieche ich bereits."

„Willst Du nicht wenigstens ein Handy, dass Du im Notfall einen Arzt rufen kannst?"

„Ich ernähre mich so gesund von Euren Früchten, dass dies nicht nötig ist. Für dieses Paradies hier bin ich Euch auch sehr dankbar. Sollte sich doch eine Krankheit einstellen, werde ich es rechtzeitig riechen und mich um einen Arzt kümmern."

Die Eltern warfen sich ratlose Blicke zu, schauten sorgenvoll auf ihren Sohn und blieben sprachlos, da er all ihre Fragen bereits roch. Es hatte vorerst keinen Sinn, Widerstand zu leisten.

„Ich weiß, was Ihr denkt."

„Das wissen wir, dass Du das weißt."

„Lebt wohl und lasst mich wirklich allein."

Die Eltern gingen traurig fort, drehten sich auch nicht noch einmal um. Max schaute ihnen nicht nach, betrat sein neues Zuhause, die Hütte, und fühlte sich glücklich.

Jetzt im Sommer bot der Garten viele Früchte zum Ernten: diverse Salate, Kartoffeln, Möhren, rote Beete, verschiedene Beeren. Er war sehr zufrieden mit seiner Situation. Nur am Abend und nach einem Regen verließ er die Hütte nicht, da dann die Düfte am stärksten waren.

Auch die Rosen im Garten entfernte Max, da sie ihren Duft zu intensiv verbreiteten. Zum Trinken verwendete er das aufgefangene Regenwasser.

Über den Sommer, obwohl es wenig regnete, reichte es für seinen Bedarf.

Am Eingang zum Garten hing immer mal ein Beutel mit Brot. Er wusste, dass die Eltern ein befreundetes Ehepaar beauftragt hatten, dies zu tun. Für das Brot war er dankbar.

„Die Leute werden mir helfen, auch über den Winter zu kommen."

Im zweiten Raum der Hütte stand ein altes Bett, das völlig geruchsfrei war. Und im dritten Raum befand sich die Toilette, ein sogenanntes Plumpsklo mit angeschlossener Grube.

Auch Strom und ein elektrischer Heizkörper waren in der Hütte. „Die anfallende Rechnung wird schon jemand übernehmen", wusste er, „ich rieche es, dass es so sein wird".

Im Herbst, gerade als er eine Hose und ein Hemd in einer Schüssel wusch, betrat eine junge Frau, vielleicht ähnlich alt wie er, das Gartengrundstück, sah sich etwas unsicher um, kam dann aber auf die Hütte zu. Sie hatte einen Rucksack dabei.

Max hatte ihren Besuch diesmal nicht vorher gerochen. Deshalb war er überrascht.

Sie hatte einen langen geflochtenen blonden Zopf und trug ein fast bis zum Boden reichendes grünes Kleid. Der Zopf und das Kleid gefielen ihm, aber auch die junge Frau selbst, die eben an seiner Hütte anklopfte.

„Hallo", begrüßte er sie, konnte ein leichtes Herzklopfen nicht verleugnen.

„Wieso habe ich Dein Kommen nicht gerochen?"
Sie nahm schwungvoll ihren Rucksack vom Rücken. „Ich weiß nicht."

„Ich habe Dich wirklich nicht gerochen."

Die junge Frau hielt ihren Rucksack wie ein Schutzschild vor ihren Körper.

„Ich weiß nicht, warum. Ich bin da und habe Lebensmittel mit. Auch eine neue Hose, ein Hemd und Unterwäsche. Deine ehemaligen Klassenkameraden haben es gesammelt und mich beauftragt, es Dir zu bringen."

Max schaute nur auf sie, nicht zum Rucksack, denn sie gefiel ihm wirklich.

„Ich rieche bei Dir auch kein Parfüm. Nichts. Ich hole uns meinen Stuhl und eine Kiste vor die Hütte. Du kannst Dich auf den Stuhl setzen."

Die junge Frau wartete, bis er alles herbeigeholt hatte. Dann setzte sie sich auf den Stuhl, wobei Max kein Auge von ihr ließ.

„Schön, dass Du mich besuchst."

„Ich habe etwas mitgebracht, Grüße von deinen Klassenkameraden." Max verzog das Gesicht, denn sofort roch er ihre früheren Hintergedanken.

„Übrigens, ich bin Elke Herbst, vielleicht kennst Du mich noch aus der Parallelklasse?"

Max kannte sie nicht. Elke holte aus dem Rucksack Brot, Brötchen, Margarine, Wurst und Käse, eine Hose, dazu ein Hemd. Max roch sofort, dass ihm die Sachen passten, keine Anprobe benötigten. „Warum habe ich Dich nicht gerochen. Das ist wunderbar, lässt mich hoffen."

„Auf was lässt es Dich hoffen?"

„Auf ein normales Leben, mit Freunden und Eltern."

„Du hast doch gute Freunde und Eltern?"

„Nein, habe ich nicht. Ich kann sie alle wegen ihrer Hintergedanken nicht riechen."

„Das ist natürlich schlimm, so ein Misstrauen."

„Das ist kein Misstrauen, ich weiß es, dank meiner Nase."

„Und wenn Dich Deine Nase täuscht?"

„Ich wäre froh, aber es ist nicht so. Früher war ich der Star beim Spiel Stuhl riechen. Kennst Du das?"

Sie musste lachen, so dass sich in ihrem Gesicht lauter kleine Grübchen bewegten und Max sie jetzt noch schöner fand.

Sie hatte eine Idee: „Denk doch, Deine Nase sei nur eine Spielfigur, und denk Dir dazu eine Farbe: Grün, Gelb, Rot, Lila. Sie will Dir nur spielerisch durchs Leben helfen. Hier und dort ein Zug und schon hast Du gewonnen. Verlieren geht natürlich auch, denn es ist ja alles nur ein Spiel."

Max fand die Gedanken von Elke gut, zumindest nachdenkenswert.

Dafür würde er Zeit haben, denn sie verabschiedete sich.

„Du kommst mich wieder besuchen?", fragte er, ohne die Antwort bereits zu riechen.

„Wenn Du das möchtest, komme ich wieder. In drei Tagen, einverstanden?" Max sagte „Ja", und war sofort froh über seine Entscheidung. Nachdem Elke gegangen war, spürte er ein unglaubliches, nie gekanntes kribbelndes Glücksgefühl in Kopf und Bauch und überhaupt.

Er träumte von ihr, hüpfte übermütig im Garten herum. Dabei sang er selbstkomponierte Lieder.

Elke machte ihr Versprechen wahr, stand drei Tage später erneut im Garten, mit ihrem Rucksack voller Lebensmittel und einem Buch.

Das Glück setzte sich fort. Max holte wieder Kiste und Stuhl, und sie unterhielten sich. Elke erzählte ihm von den Klassenkameraden, deren Plänen und Wegen.

„Manche machen ein soziales oder kulturelles Jahr irgendwo in der Welt." Seine Gesichtszüge entspannten sich zu einem vorsichtigen Lächeln: „Ich mache ein Gartenjahr, oder zwei oder drei. Vielleicht, da ich Dich nicht rieche, gibt es Hoffnung."

Als Elke lachte, kehrten die spielerischen Grübchen um den Mund zurück und ihr blonder Zopf schaukelte. Wahrscheinlich war er ihre Spielfigur. „Beim nächsten Mal können wir wirklich ein Spiel machen", schlug sie vor. Max war zufrieden, freute sich über das schöne Kribbeln in Bauch und Kopf. Wenn es nur nicht aufhören wollte!

Sie plante einen weiteren Besuch. Und er konnte ihre Pläne nicht riechen. Wie wunderbar!

„Einverstanden! Einverstanden! Einverstanden!" Nach drei Tagen kam sie wieder, brachte ein Brettspiel mit, welches er noch nicht kannte. Es war ihr Lieblingsspiel. Max roch keine Spielregel, so musste Elke ihm alles erklären.

Wunderbar! Das normale Leben! Ich bekomme etwas erklärt, kenne es vorher nicht. Sie spielten zwei Stunden, und Max gewann nur einmal. Alle Spielausgänge blieben offen.

Das Glück ist zu mir gekommen, dachte er, es hat einen blonden Zopf, Grübchen um den Mund, trägt grüne Kleider und spielt gern. Am allerbesten aber ist, dass das Glück sich nicht riechen lässt.

„Komm doch schon in zwei Tagen", bat er Elke, „und bringe Dein Spiel mit." Elke kam nach zwei Tagen und brachte das Spiel wieder mit.

Auch diesmal blieb jeder Spielausgang ein Geheimnis.

Als Elke sich verabschiedete, bat er sie für den nächsten Tag um einen Besuch.

„So schnell bekomme ich keine Lebensmittel zusammen."

„Das macht nichts Hauptsache, du bringst das Spiel mit."

So kam Elke, es war immer noch Herbst, jeden Tag, und sie spielten stundenlang. Eines Tages hatte sie ihn zu ihrem Geburtstag eingeladen.

„Das konnte ich nicht riechen", dachte Max, überlegte, ob er wirklich den Garten verlassen sollte.

„Ich kann es nicht."

„Doch Du kannst", forderte Elke etwas trotzig, fügte hinzu:

„Vorher schneide ich Dir die Haare."

Max überlegte drei Tage, sagte dann zu. Sie löste ihr Versprechen ein und schnitt ihm die Haare sehr kurz.

Zum Geburtstag blieb er in ihrer Nähe, immer von der Angst besetzt, irgendetwas Unangenehmes zu riechen.

Zuerst bat Elke ihn, sich zu waschen, anschließend frische Sachen anzuziehen. Ihre Fürsorglichkeit hatte alles bereitgelegt.

Komisch, auch bei der Kleidung roch er weder Waschpulver noch Weichspüler. Sie gab ihm einen Kamm, damit er seine Haare kämmen konnte. Und dann kamen ihre sieben Gäste. Max erkannte sie, alles Freunde von früher, Freunde, die einst auch zu seiner Geburtstagsfeier gekommen waren.

Elke schien freudig verzaubert, lachte, wobei alle Grübchen und der blonde Zopf vergnügt hüpften. Plötzlich verkündete sie:

„So, und nun kommen wir zu meinem Lieblingsspiel. Stuhl riechen."

„Nein!", rief Max spontan.

„Doch, wir spielen Stuhl riechen."

Max fügte sich, verlor, da er in der ersten Runde nichts roch.

„Siehst Du, es ist nicht mehr wie früher!", triumphierte sie. Max nickte, war froh, das Spiel gut überstanden zu haben. Alle meinten, er habe sich verändert.

„Noch ein Spiel", rief Elke übermütig. Sie war in Geburtstagslaune.

Max kniff Augen und Nase und Mund zusammen, kam sich wie eine Zitrone vor. Ausgerechnet heu- te wollte er kein Spielverderber sein.

Plötzlich, bei einem Stuhl, roch er etwas Unangenehmes. Dort saß Anton.

Er wollte schnell zum Nächsten, doch Elke erkannte sofort, dass er ein Problem hatte.

„Du hast etwas gerochen? Nicht lügen!"

Max schaute sie traurig an: „Ich rieche etwas, das bitter ist, nichts Gutes."

„Was ist los?" Elke drängelte: „Beschreibe es."

„Ich rieche etwas, was nicht gut ist. Etwas Unheimliches, und ich habe Angst davor." Elke drängelte weiter und Max flüsterte ernst:

„Ich rieche etwas Tödliches."

Er richtete sich auf: „Soll ich weiterreden?" Elke nickte. „Ich rieche an diesem Stuhl etwas Tödliches. Hier saß jemand, der einen Mord plant."

Anton, welcher hier gesessen hatte, verteidigte sich sofort:

„Quatsch, behaupte nicht so etwas! Ich saß auf dem Stuhl und plane bestimmt keinen Mord. Du bringst mich ja in Verruf. Das ist gemein."

Anton schaute sich nervös um, sah die misstrauischen Blicke der Anderen, wiederholte:

„Das ist eine Verleumdung, Max, ich bin doch kein Mörder! Was redest Du Unglaubliches! Das ist Rufmord, verleumderischer Rufmord." Anton fühlte sich verurteilt, fing an zu schreien:

„Du Arsch, was redest Du hier! Machst aus mir einen Verbrecher, und alle glauben es dir. Du bist der Mörder! Du bist der Verbrecher!"

Er wollte auf Max mit seinen Fäusten losgehen, aber Elke verhinderte es. Völlig aufgebracht, wie ein Sandsturm, fegte Anton von der Geburtstagsfeier, schleuderte letzte Drohungen in den Raum, bevor er endgültig die Wohnungstür zuknallte.

Bei den Geburtstagsgästen macht sich ein unwohles Schuldgefühl breit.

Auch Max kamen Schuldgedanken: „Vielleicht war diese Geruchswahrnehmung eine bösartige Lüge? Alles Lug und Trug? Ich mache den armen Anton öffentlich zum Mörder, klage ihn an. Eine schlimme Anklage, ohne Beweise, nur auf Grund meines Geruchsinnes."

„Elke, ich hätte mich auf Dein Drängeln nicht einlassen sollen. Es stimmt nicht, was ich gerochen habe. Der arme Anton ist unschuldig. Hole ihn bitte zurück, ich muss mich entschuldigen und meine Behauptung widerrufen."

„Aber Du hast die Vermutung öffentlich gemacht", verteidigte Otto den Zwischenfall, „damit ist Anton verdächtigt. Warum? Weil wir auf Deinen Spürsinn vertrauen. Das hat immer gestimmt. Bei dem Spiel „Stuhl riechen" warst Du der Star. Warum also nicht jetzt?"

„Hätte ich nur meine Klappe gehalten", ärgerte sich Max, schaute dabei hilfesuchend zu Elke.

Die hatte eine Lösung, denn es war schließlich ihr Geburtstag: „Ich werde mit Anton reden. Dann, einen Tag später, redest Du mit ihm, und am dritten Tag sind wir wieder versöhnt. Okay?"

Max würde sich am liebsten aus der Situation davonschleichen. Doch jetzt war eine Entscheidung gefordert.

Damit lief alles so ab, wie von Elke geplant. Am dritten Tag waren sie wieder versöhnt.

Am vierten Tag küsste Max Distler Elke Herbst, worauf sie ihm zärtlich in die Augen schaute und forderte: „Ab sofort riechst Du, mein lieber Max, nichts. Verspreche mir das. Und wenn Du doch, als Ausnahme, etwas riechen solltest, dann spreche nicht drüber."

Da Max mit einem weiteren Kuss und Liebe ein Leben lang rechnen konnte, versprach er Elke alles. So wurden sie ein glückliches Paar.

Ein Jahr später folgte ein unglaubliches Ereignis: Ihr ehemaliger Klassenkamerad Otto wurde tot aufgefunden. Die polizeilichen Untersuchungen ergaben einen Mord durch Totschlag. Spaziergänger fanden seine Leiche im Wald. Alle waren fassungslos, die Polizei recherchierte, doch der Fall ließ sich nicht lösen. Ein Täter wurde nicht gefunden. Erst nach einem Jahr stellte sich heraus, dass tatsächlich Anton in der Heftigkeit eines Streites seinen Freund Otto erschlagen hatte. Max Distler war lange Zeit auffällig blass, da er unter Schlafproblemen litt. Er wollte nie mehr einen Mord oder andere unschöne Dinge erriechen. Das Versprechen hatte er Elke gegeben. Und Versprechen muss man ein Leben lang halten.

Das Gartenwunder

Dass es im September im Garten weniger zu tun gibt, stimmt nicht. Albin Rothe weiß es aus eigener Erfahrung genau. Diese Ruhe ist eine Täuschung.

Am Nachmittag eines dieser scheinbar stillen Septembertage, macht er sich auf, Stauden zurückzuschneiden, Pfingstrosen zu pflanzen, Spinat für den Spätherbst auszusäen und letztlich Fallobst aufzulesen.

Er selbst kann tief durchatmen und „Schön!" rufen.

Im September treibt die süßliche Schwere der Erfahrung letzte nektarsuchende Insekten zur Verzweiflung.

Albin beobachtet, lässt sich Zeit und kann seine Zufriedenheit erneut in ein einziges Wort fassen: „Schön".

Er lässt den Blick wie ein Monarch über die Ergebnisse seiner Gartenpolitik schweifen. Ja, er hat gut regiert. Alles hat sich in seinem Sinne entfaltet, konnte die eigenen Kräfte und Säfte zum Nutzen der ganzen Gemeinschaft ausleben.

Albin Rothe schnurrt zufrieden wie ein alter Kater. Doch plötzlich stört ein leiser, kaum hörbarer Zwischenruf: „Salatkopf, Salatkopf, ich pack Dich am Schopf."

Albin, der Monarch, zittert irritiert, glaubt erst an eine Täuschung. Wer mischt sich hier in seinen Gartenfrieden? Als er nach rechts schaut, sind erneut Worte zu hören:

„Rote Beete, sorgt für eine Fehde. Haha."

Er dreht den Kopf nach links und hört aus dieser Richtung nichts. Doch eine Täuschung? Oder ein Übeltäter von rechts?

Albin läuft auf die Hecke zu, will den Flüsterer aufscheuchen und am Schopfe packen, ihm lautstark seine Meinung sagen.

Aber da ist nichts. Er beugt sich nach vorn und nach hinten, streckt den Kopf, schiebt Zweige beiseite, nein, es ist wirklich niemand zu sehen. Albin zupft sich an der Nase. Das kann doch nicht sein. Zweimal hat er die Stimme gehört. Vielleicht doch eine Einbildung, als Folge seiner gestressten Nerven? Selbstmitleid tut gut.

Gerade, als er sich erneut nach rechts dreht, sind neuerliche Worte zu verstehen:

„Möhren, Möhren, können nur stören."

Ruckartig dreht er sich um, will die hinterhältige Nervensäge aufgreifen, aber wieder sieht er niemanden.

Albin zupft sich erneut nervös an der Nase, biegt die Äste in der Hecke mit einem entschiedenen Griff hin und her, stellt sich auf eine körperliche Auseinandersetzung ein.

Doch es kommt nicht dazu, Der Flüsterer bleibt unsichtbar.

Albin beschließt, mit seiner Gartenarbeit fortzufahren. Diese Situation nur nicht überbewerten! Widmet sich als Erstes den Stauden, dann der Spinat-Aussaat. Während der Arbeit bleibt es still. Für ihn bestätigt sich nun, dass es eine Septembertäuschung gewesen sein muss, ausgelöst durch die nervliche Anspannung der letzten Tage. Albin ist zufrieden und hat Einiges geschafft. In sechs bis acht Wochen kann er den Spinat ernten, der vor dem Winter noch einmal gute Vitamine liefert. Jetzt möchte er bald die Zwiebeln der Pfingstrosen und der Frühlingsblüher, wie Narzissen und Krokusse stecken. Wie schön ist es, wenn das Gartenjahr mit seiner unbekümmerten Fröhlichkeit wieder beginnt.

Er läuft Richtung Gartenhütte und stolpert auf dem Rasen, als hätte ihm jemand ein Bein gestellt. Albin kann gerade noch sein Gleichgewicht halten, um nicht zu stürzen. Was war denn das? Er betrachtet irritiert die Stelle, sieht keine erklärenden Hindernisse, weder Steine, Bodenunebenheiten noch liegengebliebene Gartengeräte. Er wundert sich, denkt: „Nicht schön". Es geht unerklärlich weiter, denn als er am Apfelbaum vorbeikommt, springt ihm jemand von hintern auf den Rücken, so plötzlich, dass er diesmal wirklich stürzt. „Was war denn das?", fragt er sich, bleibt einen Moment auf dem Rasen fassungslos liegen, spürt, wie die Kühle des Bodens in seinen Körper steigt, hört in diesem Moment wieder die unsichtbare, leise Stimme:

„Krokusse und Narzissen müssen es wissen, müssen es wissen, sonst wär das Leben beschissen."

Was für eine Unverschämtheit! Albin steht langsam wieder auf, schüttelt sich, klopft die hängengebliebene Erde von seinen Sachen und vermutet: Das war das Debramännchen. Der Berg, auf dem ihr Garten liegt, wird Debra genannt. Früher erzählten hier ältere Leute vom Debramännchen, einem kleinen Kobold. Er würde in den Hecken und Bäumen leben, von Zeit zu Zeit mit den Menschen Kontakt aufnehmen, sie necken und ärgern. Ansonsten sei es eher ein scheues Wesen. In den letzten Jahren sprach niemand mehr über das Debramännchen.

Vielleicht war es zurückgekehrt? Albin schaut sich im Garten noch einmal um, sieht auch jetzt nichts, beschließt trotzdem, seine Blumenzwiebeln für den nächsten Frühling im zu stecken. Glauben wird ihm die Geschichte sowieso niemand.

„Was ich eben erlebt habe, habe ich erlebt", flüstert Albin trotzig, und nimmt sich vor, der Sache auf den Grund zu gehen. Aber wie? Dieses Debramännchen muss doch eine sichtbare Gestalt haben? Er beobachtet sehr aufmerksam, nach links und rechts, darunter und dahinter schauend, seinen Garten, doch es passiert nichts Ungewöhnliches mehr.

Er läuft nachdenklich nach Hause, nimmt sich vor, von den Ereignissen vorerst nichts zu erzählen. Gleich empfängt ihn sehr aufgeregt seine Frau Claudia:

„Albin, ich muss mit Dir in Ruhe reden. Meine Schwester und ihr Mann sind völlig verzweifelt. Ihre Tochter Felicitas war etliche Tage verschwunden. Nun ist das Mädchen in einem völlig desolaten Zustand wieder zu Hause eingetroffen. Die Situation bleibt aber schwierig, da sie dort nicht mehr leben möchte. Es gibt nur Streit."

Albin fährt sich mit der Hand nachdenklich über sein Kinn:

„Das ist schlimm. Felicitas ist doch so vierzehn oder fünfzehn, also mitten in der Pubertät?"

„Genau!", bestätigt seine Frau, „mitten in der Pubertät. Und ihre Eltern wissen nicht mehr weiter, haben Angst, dass sie völlig abhaut, irgendetwas Radikales entscheidet, sich einer fanatischen Gruppe anschließt."

Er schwingt aufgeregt seine Hand:

„Zum Beispiel dem IS, in Syrien oder Afrika. Man hat ja davon schon gehört." Claudia nickt zustimmend.

„Albin, pass auf, jetzt kommt die Pointe: Felicitas und ihre Eltern konnten sich auf einen Kompromiss einigen: Das Mädchen wäre einverstanden, vier Wochen bei uns zu wohnen.

Eine Zeit für Abstand von zu Hause, in geregelten Verhältnissen, eine Zeit zum Nachdenken und Orientieren. Was sagst du dazu?"

Wahrscheinlich ist Albin jetzt entweder ganz blass oder ganz rot im Gesicht geworden. Er muss schlucken, spürt das bleierne Gewicht jenes unsichtbaren Gartenwesens auf seinen Rücken, kommt ins Wanken, stottert:

„Wie, was, Felicitas vier Wochen bei uns? Wir sind doch solche Spießer wie ihre Eltern? Was sollen wir anders machen?"

„Nichts. Bei uns soll alles so ablaufen, wie wir es gewohnt sind. Felicitas muss das akzeptieren. Wir können sie mit in den Garten nehmen, oder sie beim Holzmachen helfen lassen. Ich überlege mir Möglichkeiten. Meine Schwester meinte, dieser Vorschlag käme von Felicitas. Sie hätte Vertrauen zu uns, weil wir nicht meckern würden und naturbewusst leben. Sie macht ihren Eltern den typischen Vorwurf, Wohlstandsbürger zu sein."

Albin fühlt sich eingekreist, spürt, dass es aus dieser Situation kein Entrinnen gibt.

„Na, dann soll es so sein. Aber sobald es nicht funktioniert, muss sie die Konsequenzen spüren. Für mich gibt es eine Schmerzgrenze. Okay." Seine Frau nickt, geht zum Telefon und Albin hört, wie sie sagt:

„Felicitas kann für vier Wochen zu uns kommen." Von seiner Schmerzgrenze, was auch immer er darunter versteht, sagt sie nichts.

Am nächsten Tag steht eine junge Frau, schwarz gekleidet, mit soeben abgenommenen rosa Kopfhörern hinter den Ohren, dunkelroter Reisetasche und einem Rucksack auf dem Rücken, vor der Tür.

Claudia und Albin begrüßen sie etwas unbeholfen:

„Hallo Felicitas, schön dass Du angekommen bist. Alles okay? Dann herzlich willkommen." Albin fällt auf, dass seine Frau ungewöhnlich viel und schnell spricht. Er dagegen hält sich zurück.

„Wir zeigen Dir jetzt mal Dein Zimmer und die Wohnung. Das ist das Bad, die Toilette, die Küche.

Du gehst ja wochentags in die Schule, brauchst auch einen Schlüssel."

Felicitas schweigt, schaut sich alles sichtbar interessiert an, meint erst, nachdem die Küche gezeigt wurde:

„Ich bin Klimaaktivistin und esse keine Weizenprodukte, weil Weizen unser Gehirn zerstört."

„Aha", Claudia reagiert so ruhig, als hätte sie auf diese Aussage gewartet, „dann müssen wir das berücksichtigen. Für gutes Klima sind wir natürlich auch." Felicitas lacht kurz, belehrt: „Dafür sein reicht nicht, man muss aktiv werden, nicht so gleichgültig leben wie meine Eltern. Die schauen nicht auf Herkunft und Gesundheit, horten Plastikverpackungen, ändern ihr Verhalten nicht, es findet kein Umdenken statt."

Felicitas überlegt kurz, Claudia und Albin warten, was sie ihnen zu sagen hat.

„Ach ja, ich bin auch totale Vegetarierin. Aber das ist für Euch sicher kein Problem."

„Natürlich nicht", greift Claudia diesen Vertrauensvorschuss sofort auf, holt tief Luft, ergänzt: „das berücksichtigen wir auf jeden Fall."

Nachdem alles gezeigt wurde, Felicitas einen Schlüssel bekam, der grobe Tagesablauf feststand, verschwindet sie in ihrem neuen Zimmer.

Claudia und Albin schauen sich etwas erschöpft an. Beide haben viele Gedanken im Kopf. Zum Abendbrot ist Felicitas gesprächiger, erklärt, dass sie morgen ein letztes Mal zu ihren Eltern muss, um noch Schulsachen zu holen.

Ob sie jeden Tag in die Schule geht, weiß sie noch nicht.

Und dann passiert das, was Albin und Claudia haben kommen sehen: Das Handy ihres Gastes klingelt. Und es klingelt eigentlich immer. Ständig neue Nachrichten von Absendern, über die Felicitas nichts erzählt.

An diesem Abend berichtet sie über die nach ihrer Meinung schlechte Einstellung ihrer Eltern zu Umweltfragen, unterbricht, erklärt plötzlich: „Ach, ich bin froh, bei Euch zu sein. Wenigstens vier

Wochen gutes Klima. Ihr habt einen Garten, esst selbstgeerntetes Gemüse. Das finde ich richtig geil."

Claudia kann sich die Gegenfrage nicht verkneifen:

„Und wieso ist bei Deinen Eltern das Klima anders?"

„Die kommen aus ihrer verkrusteten, altbackenen Welt nicht heraus. Keine Chance. Deshalb ist ihre Bude voller Mief."

Wieder schauen sich Albin und Claudia etwas hilflos an. Diesmal sind die Gedanken des Anderen nicht so offensichtlich.

„Morgen isst Du bei uns zu mittag?", fragt Claudia vorsichtshalber.

„Ja, morgen geht die Schule nur bis Mittag. Und auf den Fraß dort verzichte ich."

„Bei uns gibt es Pilzpfanne und Kartoffeln."

„Cool, Pilzpfanne, mein Traum. Ihr seid absolut cool."

Am nächsten Tag gibt es die angekündigte Pilzpfanne, und am Abend klagt Felicitas über schlimme Bauchschmerzen, so dass der Notarzt geholt werden muss.

Nachdem der Arzt ein Medikament verordnet hat, behauptet Felicitas: „Eure Pilzpfanne war beschissen. Die esse ich nicht wieder."

Claudia wird blass, und Albin verliert kurzzeitig sein Gleichgewicht – so als hätte ihm jemand ein Bein gestellt.

Am nächsten Tag, Albin kommt von der Arbeit, empfängt ihn seine Frau aufgeregt:

„Felicitas war heute nicht in der Schule":

Albin denkt sofort an die Pilzpfanne und den Not-arzt, fragt: „Wo ist sie?"

Claudia zeigt Richtung Gästezimmer. Albin spürt, dass seine Frau ein Eingreifen von ihm erwartet. Er kommt sich wie ein Feldherr vor, der zwar in den Kampf zieht, aber noch keine klare Strategie im Kopf hat. Bevor er die Tür öffnet, holt Albin tief Luft. Dann wirft er sich ins Kampfgetümmel. Felicitas liegt auf dem Bett, hat beide rosa Kopfhörer über die Ohren geschoben, erschrickt, nach-dem er ihr energisch auf die Schulter geklopft hat. Felicitas entfernt langsam die Kopfhörer von den Ohren, fragt mit unschuldiger Fröhlichkeit: „Hallo Albin, ich bin heute nicht in die Schule, da mir im-mer noch schlecht ist. Da geht doch Lernen gar nicht. Morgen bin ich wieder dabei, zumindest, wenn es vorher keine Pilzpfanne gibt."

Mit diesem Gegenangriff hat sie seine in letzter Minute gefundene Kampfstrategie doch zunich-tegemacht. Was er noch sagen kann, klingt eher wie ein Rückzug.

„Ich finde das trotzdem nicht in Ordnung. Du hast Medikamente, hättest Dich zusammenreißen können. Morgen gehst Du wieder."

Sie strahlt ihn an: „Versprochen Albin, ich möch-te nicht, dass Ihr Euch ärgert. Ich habe es so gut hier." Sein Kampf ist verloren, sie hat die bessere Strategie.

Albin kehrt zu Claudia zurück, winkt ab, erklärt: „Wir haben über alles gesprochen. Morgen geht sie wieder in die Schule."

Claudia nickt zufrieden, ist überzeugt, ihr Mann hat das richtige Machtwort gesprochen.

Als Albin noch einmal, zumindest für kurze Zeit, in den Garten geht, und am Apfelbaum vorbei läuft, fühlt er wieder etwas Schweres auf seinem Rücken. Er dreht und schüttelt sich, will die Schwere abwerfen. Ist es ein Tier, eine unbekannte Muskelverspannung oder doch das Debramännchen? „Die Jule geht nicht in die Schule, hihi."
Er sucht verärgert in allen Richtungen nach der Stimme, und schlägt einmal in die Luft, als wehre er sich gegen Luftgeister. Es hält ihn jemand zum Narren, und er kann nichts dagegen tun.
Am nächsten Tag gibt es wieder Aufregung im Hause Rothe. Claudia hatte eine Spendentüte für das Kinderhilfswerk fertig gemacht. Das ist Tradition.
Tradition ist auch, dass die Spendentüte 100,– € enthält und im Flur unter dem Spiegel ihren Platz hat.
Doch da liegt sie heute nicht mehr. Claudia sucht, überlegt, sucht – alles ohne Erfolg.
„Albin, unsere Spendentüte ist verschwunden."
Misstrauisch schaut er zum Gästezimmer. Claudia sieht seinen Blick.
„Du meinst ..." Weiter spricht sie nicht.
„Wir sollten noch mal alle möglichen Orte untersuchen und dann erst Felicitas fragen."
Wie Archäologen auf der Suche nach dem Knochen eines Ursauriers kriechen sie auf den Knien, schauen in alle Zwischenräume, in, unter und auf ihre Schränke, prüfen volle und leere Taschen – doch das Suchen bleibt ohne Erfolg.
Dann ist es Zeit für die Befragung von Felicitas. Diese liegt wieder auf ihrem Bett, die rosa Kopf-

hörer über den Ohren, ganz in ihrer Musikwelt zurückgezogen.

„Hallo Felicitas!"

Die Angesprochene entfernt sichtlich genervt ihre rosa Kopfhörer, fragt:

„Was ist denn schon wieder?"

„Wir suchen eine Spendentüte für das Kinderhilfswerk. Sie lag unter dem Spiegel im Flur. Hast Du sie zufällig gesehen?"

„Keine Ahnung. Verdächtigt Ihr mich?"

Sie schüttelt verärgert den Kopf. Ohne eine Antwort abzuwarten verschwindet Felicitas wieder in ihrer rosa Musik.

Albin und Claudia kommen nicht weiter in ihrer Suche.

„Wir können sie nicht einfach verdächtigen."

Albin fühlt Verständnis für den Ärger ihres Gastes.

Claudia senkt den Kopf, überlegt:

„Ich habe aber auch keine Idee."

Albin schaut zum Fenster hinaus, denkt an die seltsamen Ereignisse der letzten Gartenzeit, hat noch das leise, schadenfrohe Lachen im Ohr. Wie hängt wohl alles zusammen?

Zum gemeinsamen Abendbrot lobt Felicitas die gute, gesunde Auswahl der Lebensmittel auf dem Tisch:

„Ihr seid so toll, lasst mir alle Freiheit. Entschuldigt, dass ich Eure Pilzpfanne kritisiert hatte. Ansonsten schmeckt alles lecker. Ihr lebt, im Gegensatz zu meinen Eltern, richtig gesund. Kein Weizenmehl, kaum Wurst, viel Gemüse aus dem eigenen Garten. Ihr nehmt Rücksicht, das wünschte ich mir zu Hause."

Albin und Claudia lächeln misstrauisch, kommentieren das Lob nicht. Stattdessen spricht Claudia noch einmal über die Bedeutung des Kinderhilfswerks, bedauert, dass sie die Spendentüte nicht mehr wiederfinden. Felicitas schweigt, gibt keine Erklärung ab. Nachdem das große Schweigen in der Abendbrotrunde ausgebrochen ist, unterbricht Albin mit einem Vorschlag:

„Felicitas, wenn Du möchtest, komme Samstag mit in unseren Garten. Das gefällt Dir bestimmt. Es gibt Einiges zu tun, aber man erdet dabei."

Das Mädchen ist sofort begeistert, klatscht in die Hände:

„Habe meinen Eltern immer gesagt, sie sollen sich einen Garten zulegen. Nichts. Denen reicht ihr Spießerbalkon mit bunten Solarlichtern. Alles nur unnötiger Müll."

So gehen Albin und Felicitas Samstag gemeinsam in den Garten. Albin will einige Rasenstellen ausbessern und Pfingstrosenzwiebeln stecken. Das Fallobst könnte Felicitas auflesen.

Außerdem soll die Hütte aufgeräumt und die Äste des alten Kirschbaumes kleingesägt werden. Felicitas greift sich gleich einen Laubrechen. Albin beobachtet, mit welcher Hingabe sie sich an die Arbeit macht. Gleichzeitig wartet er auf die Flüsterstimme der letzten Zeit oder einen spontanen Sprung dieses Debramännchen auf seinen Rücken. Immer wieder lauscht er, dreht den Kopf in alle Richtungen. Felicitas fällt dies auf.

„Albin, suchst Du was?"

Er winkt ab: „Alles in Ordnung." Warum ist es jetzt so still?

Der Tag vergeht schnell, ohne besondere Vorkommnisse. Beide sind gedanklich ganz bei der Gartenarbeit. Zum gemeinsamen Abendrot schwärmt Felicitas:

„Das war heute schön. Hat mir richtig Spaß gemacht im Garten."

„Wenn Ihr wollt, mache ich Euch das ganze Holz klein." Albin ist zufrieden: „Okay, nächste Woche." Am Sonntagnachmittag, Albin und Claudia trinken gerade Kaffee, hören sie im Flur eine fremde Männerstimme. Claudia steht gleich auf um nachzuschauen.

Ein junger Mann läuft mit federndem Schritt, gelbe Kopfhörer über seine Ohren gezogen, wie selbstverständlich an ihr vorbei und in Felicitas Zimmer.

„Was ist hier los?" fragt Claudia, doch er reagiert nicht.

Sie läuft hinterher, stellt sich in den Weg.

„Ich möchte gern wissen, wer Sie sind?"

Der junge Mann schaut hilfesuchend zu Felicitas, denkt aber nicht daran, seine Kopfhörer abzunehmen. Diese springt auf, stellt ihn vor:

„Das ist Kevin, Er besucht mich."

Claudia ist vor Aufregung rot im Gesicht.

„Kann er nicht ‚Guten Tag' sagen und sich vorstellen?" Felicitas zieht die Augenbrauen nach oben, behauptet:

„Nun sei doch nicht so spießig, Claudia." Ihr verschlägt es die Sprache.

„Wer in unserer Wohnung ein und aus geht, hat sich vorzustellen."

Der junge Mann lässt sich inzwischen auf die kleine Couch im Zimmer fallen, beobachtet irritiert die beiden Frauen, nimmt dann doch seine Kopf-hörer ab und erklärt: „Hei, ich bin Kevin." Kopf-schüttelnd reagiert Claudia:

„Na, dann hätten wir das wenigstens geklärt." Verlässt anschließend das Zimmer und spricht leise:

„Oje, die Patenschaft über meine Nichte ist eine grenzwertige Kraftanstrengung." Zum Abendbrot ist Kevin immer noch anwesend, möchte aber nicht mitessen. Er wartet im Zimmer von Felicitas. Diese schwärmt wieder von ihrem guten Verhält-nis zu Albin und Claudia, erklärt, dass sie mit Ke-vin heute noch zu einem Konzert im Jugendclub möchte.

„Okay", meint Claudia, „du kommst nicht zu spät zurück. Und morgen geht es auf alle
Fälle in die Schule."

Am Abend telefoniert sie mit ihrer Schwester, um einen ersten Lagebericht abzugeben. Sie meint, dass es nicht einfach sei aber hoffnungsvoll aussähe. Zweiundzwanzig Uhr ist Felicitas nicht zurück, auch dreiundzwanzig Uhr nicht. Es wird Mitternacht, und Claudia bettelt Albin, doch im Jugendclub nachzuschauen, wo Felicitas bleibe.

„Vielleicht ist ihr etwas zugestoßen?" Diese Angstäußerung zeigt ihre Wirkung. Albin erhebt sich maulend aus dem Bett. Seine besorgte Frau fügt hinzu:

„Sie muss morgen in die Schule!"

Albin seufzt, will etwas sagen, findet aber keine richtigen Worte. Er zieht seine braune Hose und das karierte Hemd an, so, als ginge es in den Gar-ten.

Gerade als er loslaufen möchte, klingelt das Telefon, und eine Notärztin fragt, ob sie eine Felicitas kennen würden. Die junge Frau hatte einen Kreislaufzusammenbruch, werde im Jugendclub notbetreut. Es gehe ihr aber inzwischen wieder besser. Nur schaffe sie es allein nicht nach Hause.

Albin seufzt erneut, und bevor er doch Worte für den nächtlichen Einsatz findet, kommt ihm seine besorgte Claudia wieder zuvor:

„Hoffentlich sind keine Drogen im Spiel."

Vor dem Jugendclub, ein bunt angestrichener Flachbau eines ehemaligen Kleinbetriebes, wird gelacht, diskutiert und geraucht. Die Anwesenden haben keinen Blick für den besorgten Albin. Erst für einen grün leuchtenden Sanitäter wird er wichtig. Dieser führt ihn zu der auf einer Couch liegenden Felicitas. Das blasse Mädchen muss lachen, als es Albin sieht.

„Was hast Du denn für ein peinliches kariertes Hemd an?" Dieser fragt zurück: „Was ziehst Du hier für eine peinliche Nummer ab?"

Der grüne Sanitäter erklärt, die Notärztin sei inzwischen wieder fort und die Situation stabil. Nachdem er noch einige persönliche Daten abgefragt hat, kann Albin sein Gastkind mitnehmen. Schweigsam stützt sich Felicitas auf seine rechte Schulter, lässt sich zum Auto führen.

„Was ist mit Kevin?"

„Scheiß-Kerl", folgt ihre kurze Antwort.

Am nächsten Morgen, unter stimmlichen und körperlichen Einsatz, gelingt es Albin und Claudia, sie zu wecken. Das Mädchen schrickt hoch, sieht ihre Gasteltern, schimpft sofort los:

„Ihr geht mir voll auf den Senkel, ihr Spießer. Lasst mich in Ruhe!"

Fuchtelt wieder wild mit den Händen, schließt sich im Bad ein, schimpft weiter, kehrt zurück, geht schließlich doch in die Schule.

„Vielleicht schafft sie noch die zweite Unterrichtsstunde", hofft Claudia.

Darüber sprechen sie am Abend wieder, und es wird kein so schmeichelndes Gespräch.

„Ich zieh wieder aus, Ihr nervt, seid genauso wie meine Alten", findet Felicitas.

Setzt später ihre wütende Ankündigung doch nicht in die Tat um, sondern verschwindet im Zimmer, um am nächsten Morgen pünktlich in die Schule zu gehen.

Mittwoch ist Albin völlig genervt vom ständigen Handytönen. Wieder reagiert Felicitas aufbrausend:

„Ich kann doch ausziehen, wenn Euch alles an mir nervt. Ihr könnt mich sowieso nicht leiden. Das habe ich bereits gemerkt. Und die eklige Pilzpfanne war Absicht.

Vielleicht wolltet Ihr mich sogar vergiften, heimliche Absprache mit meinen Eltern." Albin wird jetzt ungewohnt laut: „Wenn es Dir nicht passt, Du mit mir nicht reden kannst und willst, zieh aus! Mir wäre aber lieber, wir würden uns verstehen, denn Du bist eine tolle junge Frau."

Albin ist zufrieden, denn er hat die richtigen Worte gefunden. Felicitas schaut ihn irritiert an. Eine erwartete trotzige Antwort bleibt aus.

Sie ist geblieben, hat sich am gleichen Abend noch die Haare in einen Grünton gefärbt.

„Du sagst jetzt bitte nichts", bat Albin seine Frau. Sie sagt dann doch etwas: „Felicitas, das Waschbecken machst Du aber sauber." Es gibt keinen Widerspruch und der Tag geht friedlich zu Ende. Am nächsten Nachmittag kommt ein anderer junger Mann, der sich sofort vorstellt und seine blauen Kopfhörer noch nicht über die Ohren gestülpt hat zu Besuch:

„Ich bin Pascal".

„Ein netter junger Mann", findet Claudia.

„Nichts für die Ewigkeit", brummelt Albin. Claudia lächelt verständnisvoll:

„Wer spricht hier von Ewigkeit. Ich bin froh, wenn dieser Pascal, sagen wir, bis 21 Uhr wieder verschwunden ist."

22 Uhr muss Albin doch an die Zimmertür klopfen und ihn erinnern, dass es spät genug ist.

Der anständige junge Mann verabschiedet sich sofort und schiebt erst im Hausflur seine blauen Kopfhörer über die Ohren.

Albin beobachtet ihn, spottet vor sich hin: „Wahrscheinlich hört er Der Mond ist aufgegangen, jedenfalls ein anständiges Lied, und nicht so was wie die „Toten Hosen".

Diese Gruppe ist ihm spontan eingefallen.

Gegen Mitternacht hören sie Felicitas weinend und schimpfend im Flur. Claudia springt sofort aus dem Bett, kommt nach einiger Zeit aufgeregt ins Schlafzimmer zurück:

„Wir müssen einen Notarzt rufen Felicitas hat wieder einen Kreislaufkollaps. Ihre Stirn ist ganz kalt, sie hat gebrochen, zittert am ganzen Körper und klagt über Schmerzen."

Albin stöhnt ärgerlich: „Das ist der dritte Notarzt innerhalb weniger Tage. Ist das noch normal?" Der Arzt kommt, schimpft, hätte andere Sachen zu tun, als pubertäre Bauchschmerzen zu behandeln.

Am nächsten Tag ist ihr Gastkind nicht bereit aufzustehen. Schule fällt für sie erneut aus. Nachmittags meint Albin nur resignierend zu seiner Frau: „Das ganze Projekt um Deine Problemnichte ist wohl gescheitert."

Samstag nimmt er Felicitas wieder mit in den Garten und läuft mehrmals am Apfelbaum vorbei, ohne dass ihm jemand auf den Rücken springt. Lauscht in die Hecke – nichts, keine flüsternde Stimme. Wie sehr hätte er sich diese jetzt gewünscht. Vielleicht war das Debramännchen doch weitergezogen?

Albin fühlt Enttäuschung. Jetzt könnte der Kobold sich pädagogisch einmischen. Aber von Pädagogik hält er wohl nichts. Dem macht es mehr Spaß, mich mit altklugen Sprüchen zu necken. Jedenfalls stürzt sich gerade seine Problemnichte auf jede Arbeit, die anfällt, wobei ihr, das Zerkleinern der Kirschbaumzweige am meisten gefällt. Abends schlägt sie vor:

„Montag, nach der Schule, möchte ich allein in den Garten gehen, den Innenraum Eurer Hütte malern. Hätte tolle farbliche Ideen."

Die Blicke von Albin und Claudia fallen sofort auf ihre grünen Haare. Doch sie stimmen zu.

„Nur Deine Schule darfst Du nicht vernachlässigen." Später küsst Albin Claudia überraschend auf die Stirn und flüstert:

„Etwas frische, jugendliche Farbe tut uns bestimmt gut."

Claudia wischt sich sofort über die Stirn, als hätte sie Angst, dass da soeben wirklich frische, jugendliche Farbe hingetupft wurde, fragt besorgt: „Was ist denn mit Dir los?"

Albin tröstet: „Nichts Besonderes".

Am Montag, als Albin und Claudia nach Hause kommen, ist ihr Gastkind bereits in den Garten verschwunden.

„Die Farbe hat sie selbst gekauft?", fragt Albin.

„Ja, ich hatte ihr etwas Geld gegeben", bestätigt seine Frau.

Am Abend wirkt Felicitas auffallend nachdenklich, flüstert später ungewohnt leise:

„Morgen kann ich nicht weitermachen. Das wird ein langer Schultag. Aber Mittwoch wird weitergestrichen. Die Farbe ist total cool."

Wie angekündigt verabschiedet sie sich Mittwochnachmittag gleich wieder in den Garten.

Albin fragt vorsichtig: „Brauchst Du Hilfe?"

„Nein, und bitte lasst mich allein."

Ehepaar Rothe stellt fest: Ihr Gast wirkt plötzlich verändert. Was ist vorgefallen?

Am Abend berichtet Felicitas:

„Ich habe eine Wand weinrot gestrichen. Die andere Seite bleibt weiß, aber da wird morgen noch ein blühender Kirschzweig aufgemalt. Das Original stammt von Eurem Baum."

„Und Du brauchst keine Hilfe?"

„Nein, lasst mich weiterhin bis zur Fertigstellung allein. Dann zeige ich Euch alles." Dazu zieht sie ein Gesicht, als gehe es um Leben und Tod.

„Was ist nur mit dem Mädchen los?", überlegen sie. Albin flüstert geheimnisvoll: „Im Garten passieren unheimliche Dinge. Wir haben einen Wundergarten."

Claudias misstrauischem Blick folgt nur ihre kurze Bemerkung: „Quatschkopf!" Endlich, es ist der dritte Samstag, lädt Felicitas in den Garten ein.

„Albin, ziehe bitte nicht Dein kariertes Hemd an, sonst bröckelt die Farbe von der Wand", lacht sie und schwenkt ihre Hände wie eine Dirigentin. Albin brummt, fügt sich aber, trägt heute Grün. Beide nähern sich vorsichtig der Gartenhütte. Felicitas öffnet feierlich die Tür Albin und Claudia treten in einen anderen, nie gekannten Raum, sehen die weinrote Wand, den filigran gezeichneten Kirschzweig, alles aufgeräumt und sortiert. Ein Wunder ist geschehen.

„Wunderschön", findet Claudia als erste Worte, „Du hast einen großartigen Raum geschaffen. Danke, Felicitas!"

Die so Gelobte senkt bescheiden den Kopf. In ihren Augen leuchten geheimnisvolle Farben.

„Ich habe in Eurem Garten eine ganz neue Erfahrung gemacht. Diese ist mir hier sprichwörtlich in den Nacken gesprungen. Total cool."

„Dir macht der Garten Freude", bemerkt Claudia pädagogisch.

Felicitas schüttelt sich, als müsste sie etwas von ihrem Rücken werfen: „Ja, es ist die Freude, die Beschäftigung mit Farbe, Erde, Pflanzen, mit winzig kleinen Tieren, Ameisen, Bienen."

Sie schaut zu Albin, als wären die folgenden Worte besonders für ihn bestimmt:

„Ihr besitzt einen Wundergarten". Und fügt hinzu: „Danke, dass ich diesen geilen Ort erleben durfte."

Claudia wird bei so viel braven Lob misstrauisch, ist aber von der Renovierung sehr angetan.

Albin kann ihre verschlüsselten Worte deuten: Er weiß, wer Felicitas in den Nacken gesprungen ist. Und sicherlich hat dieses Wesen ihr einige Koboldweisheiten geflüstert.

Im Laufe der vierten Woche passiert nichts Aufregendes. Weder Pascal noch Kevin lassen sich blicken, auch kein Notarzt und – es ist Mittwoch, da bittet Felicitas ihre Gasteltern zu sich ins Zimmer: „Jetzt kommt die Stunde der Wahrheit. Ich muss es Euch sagen: Die Spendentüte hatte ich verschwinden lassen. Das Geld ist noch nicht ausgegeben, deshalb möchte ich schnell alles zurückgeben. So, und nun könnt Ihr mich rausschmeißen."

„Nichts da", widerspricht Claudia sofort, „Du bleibst, und die Sache ist vergessen." Felicitas schaut misstrauisch zu ihr und zu Albin, welcher mit seiner nickenden Kopfbewegung alles gesagt hat.

„Ihr seid so lieb zu mir! Freitag ziehe ich zurück zu meinen Eltern, zumindest bis die Schule abgeschlossen ist. Wir bleiben doch Freunde?"

„Na klar, Felicitas!", antworten beide gleichzeitig.

„Darf ich auch manchmal in Euren Garten?"

Albin und Claudia lachen: „Wir bitten darum! Und nicht nur manchmal."

Am Freitagnachmittag verabschiedet sich ihr Gast, greift seine Reisetasche, den Rucksack.

Albin bietet an, sie zu fahren, damit auch ihre Schulsachen mitkommen. „Okay!"

Am Samstag ist er wieder allein im Garten. Beim Apfelbaum springt ihm niemand auf den Rücken, aber bei der Hecke glaubt er, das bekannte leise Lachen zu hören. Und es folgen die Worte: „Gut, gut!". Er hat sich nicht getäuscht.

Das ist es dann auch, denn bis zum heutigen Tag hörte er diese Stimme nicht wieder. Ob sich das Debramännchen noch im Garten aufhält?

Die Frage lässt sich nicht beantworten.

Dann schaut Albin stolz über alles, was da im Garten wächst und vergeht.

„Die Natur ist eben voller Wunder", flüstert er leise und eine sanfte Zufriedenheit springt auf seinen Rücken.

Das Tagebuch

Es war vollbracht. Anna Sophie von Schwarzburg-Rudolstadt hatte einen Sohn geboren. In der sechsten Morgenstunde des vierzehnten August 1692 konnte sie entbinden. Erschöpft sah die junge Gräfin zur Hebamme Juliane, welche zufrieden nickte. Eine Kammerzofe hielt ihr vertrauensvoll die Hand und flüsterte:

„Ihr Knabe wird viel Gutes tun für unser Land. Sie können jetzt schon stolz sein auf ihn."

Auf Schloss Heidecksburg zu Rudolstadt wurde der Thronfolger geboren. Er bekam den Namen Friedrich Anton. Sein Vater, Erbprinz Ludwig Friedrich, schrieb überglücklich dem Vater, Graf Albert Anton, von der Geburt des Jungen. Noch am selben Tag wurde das Kind im Beisein der Großeltern getauft.

Bei der Erziehung des Jungen betrieben die Großeltern besonders viel Aufwand. Sie spürten, dass er ein Hoffnungsträger in die Zukunft hinein würde. So schenkten sie ihm viel Liebe und Zuwendung, sorgten sich auch um die religiöse Erziehung. Einige Jahre vergingen.

Der Kammerdiener Wilhelm von Schellenburg stand an der Tür des Tafelzimmers, zeigte dem Jungen Friedrich Anton an zu warten. Dann öffnete er die Tür, gab das Zeichen zum Eintreten. Dort saßen die Großeltern allen überlieferten Etiketten des Hauses Schwarzburg entsprechend auf ihren thronähnlichen Stühlen und lächelten dem Jungen entgegen. Dieser hatte heute zum Geburtstag seines Großvaters, heute, auch ein

Gedicht geschrieben, welches von Geburtstags-
glück und Dankbarkeit handelte.

Der Jubilar klatschte zufrieden in die Hände,
beugte sich zu Friedrich Anton, streichelte ihm
über den Kopf und erklärte:

„Prächtig, prächtig, mein Junge. Ich und Deine
Großmutter Aemilie Juliane sind stolz auf Dich.
Das Talent zum Dichten, hast du sicherlich von
ihr. Die Begabung zum Reiten aber vom Großvater. Doch Deine Talente und Deine Wissbe-
gierde sollen weiter Nahrung erhalten. Daher
veranlasse ich, dass Du zukünftig, ganz Deinem
Entwicklungsstande entsprechend, Geographie,
Geschichte, Philosophie, Heraldik, Genealogie,
Rechtswissenschaft und Sprachen lernen sollst.
Aber auch in Leibesübungen, im Tanzen, Fechten
und vornehmlich im Reiten wirst Du unterrichtet
werden, also in Allem, was einem edlen und erha-
benen Geist zur Zierde gereicht.“

Der kleine Friedrich Anton verließ das Tafelzimmer
mit der Röte der Aufregung in den Wangen, und
Wilhelm von Schellenberg flüsterte ihm draußen
zu: „Demnächst zeige ich Ihm die Herstellung von
bunter Tinte. Das wird ihm mit seiner Begabung
viel Freude bereiten. Er kann damit schöne Zeichnungen ausführen.“

Friedrich Anton konnte es kaum erwarten, diese
Kunst zu erlernen. Mit Wilhelm von Schellenberg
traf er sich öfter im stillen Kämmerlein. Dann erzählte jener von fremden Ländern, seltsamen
Wesen, die dort hausten und denen er früher
begegnet war. So zeigte er ihm auch die Tinten-
herstellung, welche ihren Ursprung ebenfalls in

einem fernen Land hatte. Der Kammerdiener verstand es, alles, was er tat, mit dem Schleier des Geheimnisvollen zu umgeben. Egal, ob er Friedrich Anton neue Spiele lernte, ihm Hinweise für eine bessere Haltung beim Reiten oder Fechten gab, auch Spielereien mit dem Pferde zeigte. Besonders jedoch gefiel dem Jungen die Einführung in die Herstellung von Pyrotechnik. Er traf sich mit Wilhelm auf der mittleren Terrasse des Schlosses, da dort das Abschießen der Feuerkugeln am ungefährlichsten war. Wie strahlten seine Augen, wenn es wirklich knallte und die Lichtkugeln in die Luft flogen!

„Das sind die Geister der Lüfte", flüsterte Wilhelm geheimnisvoll.

Allerdings scheuten bei dieser Knallerei manche Pferde im Marstall oder der Reithalle. Ja, es gab richtigen Ärger, da der Lieblingshengst von Kanzler Georg Ulrich von Beulwitz scheute und so sehr verrückt spielte, dass der adlige Besitzer herunterfiel und sich einen Fuß verstauchte.

Sein Vater Ludwig Friedrich zitierte den Jungen zu sich, verbot ihm sofort den Kontakt mit Wilhelm von Schellenberg, bestrafte zusätzlich mit strengeren Lernaufgaben in den Rechtswissenschaften. Deren Studium fiel dem Jungen besonders schwer. Nur die Fürsprache der Großeltern erreichte, dass Wilhelm von Schellenberg weiterhin Vertrauter des Jungen bleiben durfte. Später fanden sie einen neuen Ort zum Ausprobieren von Neuerungen der Pyrotechnik, welche auch aus geheimnisvollen Ländern stammten – zumindest behauptete dies der Kammerdiener. Es sind

Zeichnungen des Jungen überliefert, wo man verschiedene Feuerwerksbilder zwischen den Wolken und einmal sogar über der Heidecksburg sieht. Wilhelm von Schellenberg erzählte Friedrich Anton von den Abenteuern während seiner Reisen. Und diese Eindrücke hatte der sensible Junge mit der farbigen Tinte zu Papier gebracht oder in Verse gesetzt.

Ein trauriger Tag war es, als der Großvater 1710 verstarb. Er, der Fürsorgliche, welcher immer wieder Verständnis für so manchen Jungenstreich hatte. Der Vater, Ludwig Friedrich, übernahm nun die Regierungsgeschäfte. Er bestellte seinen Sohn eines Tages zu sich und sprach: „Mein Junge, Du hast das Alter und es ist die Zeit, mehr als den Hof auf der Heidecksburg zu Rudolstadt und auf der Schwarzburg kennenzulernen. Eines Tages wirst Du die Regierungsgeschäfte von mir übernehmen. Wir leben in schwierigen Zeiten. Schau Dich um in der Welt, lerne von anderen Orten und Menschen das Leichte und das Schwere. Ich plane die erste Kavaliersreise für Dich."

Und so verließ Friedrich Anton 1711 in Begleitung mehrerer Lehrer und – das war das Wichtigste – von Kammerdiener Wilhelm von Schellenberg die bekannte Geborgenheit von Schloss Heidecksburg.

Die erste Reise führte ihn in die großen Städte Deutschlands wie Frankfurt am Main, Würzburg und Nürnberg. Seine bedeutendste zweite Reise wurde 1715 realisiert. Sie sollte 18 Monate dauern, ihn in verschiedene europäische Metropolen führen, am 2. Oktober 1716 beendet sein. Der

Vater war in der Zwischenzeit verstorben. Das Besondere dieser Reise in den Jahren 1715/16: Kammerdiener Wilhelm von Schellenberg begleitete ihn auch hier. Doch es gab einen verhängnisvollen Zwischenfall, der Auswirkung auf Friedrich-Antons restliches Leben hatte. Er reiste unter dem Pseudonym „Baron von Heideck" über Arnstadt, Gotha und Eisenach nach Frankfurt am Main. Von dort ging es weiter nach Rotterdam, Antwerpen, Paris, Heidelberg, Würzburg, München, Wien und Prag. In Prag, dieser alten Metropole des Deutschen Reiches, traf er ebenfalls mit Ministern, Gesandten, verschiedenen Vertretern des Adels zusammen. Er bewunderte die Kunstwerke der Stadt, ihre Paläste, Kirchen, Brücken und Heiligenfiguren. Friedrich Anton verarbeitete alle Eindrücke im Tagebuch, aber auch in vielen Gedichten. Auf der Karlsbrücke entwarf er spontan ein Sonett, um seine Schwärmerei für die alte europäische Stadt in Strophen zu fassen.

Er und Wilhelm von Schellenberg spazierten am Abend noch einmal durch die Gassen und Straßen der Prager Kleinseite. Mit ihm, dem treuen Lehrer, konnte Friedrich-Anton stundenlang philosophieren. Wilhelm von Schellenberg hatte sein Tagebuch dabei, um darin Gedanken zu notieren. Friedrich Anton wusste, dass der Freund sein Buch immer bei sich hatte und wunderte sich schon manchmal, wie die vielen Aufzeichnungen in das eine Buch passten.

Plötzlich hatte er das Gefühl, ihnen folge schon längere Zeit jemand. Als er sich umdrehte, war es zu spät. Zwei Männer, in lange dunkle Mäntel gehüllt, die Hüte ins Gesicht gezogen, stürzten sich auf sie. Friedrich Anton, geistesgegenwärtig, zog seinen Dolch und traf den Einen im rechten Arm, so dass dieser zurückwich. Er wollte dem überraschten Lehrer zu Hilfe eilen, doch der sank bereits blutend zu Boden. Friedrich Anton hieb dem zweiten Unbekannten mit einem Faustschlag dessen spitzen Hut vom Kopf, sah im Halbdunkel der Gasse ein von Narben geziertes Gesicht. Der Mann konnte, als Friedrich Anton kurz zu dem am Boden liegenden, blutenden Lehrer sah, seinen Hut schnell aufheben und flüchten.

Nein, Verfolgen ging jetzt nicht. Wilhelm benötigte dringend Hilfe. Er atmete kurz und verzerrte unter den Schmerzen sein Gesicht. Der junge Prinz riss dessen Hemd auf, um die Wunde an der Herzseite der Brust zu verbinden. Doch das wirkte aussichtslos. Er heulte vor Wut auf, konnte aber die letzten Worte seines sterbenden, treuen Freundes verstehen.

„Friedrich, mein Friedrich nimm das Tagebuch, trage alle Erlebnisse, Gedanken hinein. Es soll Dich dein Leben lang begleiten. Wundere Dich nicht, denn auf seinen Seiten wirst Du manche Ankündigung lesen. Wenn es aber irgendwann auch mit Dir zu Ende geht, dann übergib das Tagebuch einem vertrauenswürdigen Menschen der Stadt Rudolstadt. Denn es ist sein Gesetz, dass eine rechtmäßige Vertrauensperson auf seinen Seiten erfahren wird, wie es mit der alten Residenz weitergeht. Frage nicht ..." Wilhelm von Schellenberg konnte nicht weitersprechen. Er hob kurz den Kopf, verzerrte schmerzvoll sein

Gesicht, knirschte mit den Zähnen, fiel zurück und starb. Das Blut floss aus der Wunde, so dass es ein fürchterlicher Anblick war. Inzwischen kamen Leute, die einen Arzt holten - dazu einen Straßenwächter.

Friedrich Anton, besser Baron von Heideck, erzählte genau den Hergang, beschrieb den narbigen Mörder.

„Oje", meinte der Wächter. Der Narbige schien kein Unbekannter zu sein. Im Gefolge des Prinzen war die Aufregung groß. Schließlich hätte auch der Thronfolger getötet werden können. Die Gesellschaft blieb noch einige Tage in Prag, um alle Angelegenheiten, den Mord betreffend zu regeln. Den Toten legte man in einen Sarg, um ihn in die Heimat mitzunehmen. Das wurde dann schon eine ungewöhnliche Rückkehr.

Durch das plötzliche Ableben seines Vaters musste der fast 26-jährige Friedrich Anton die Regierungsgeschäfte übernehmen.

Doch leicht fiel es ihm nicht. Die Eindrücke der Reise waren noch frisch, bewegten ihn sehr. Der junge Fürst schrieb viel: Gedanken zur Umgestaltung des kleinen Landes, Gedichte über die Natur und das Küssen. Stundenlang konnte er auf dem Lieblingspferd Roxana durch die nahegelegenen Wälder reiten und seinen Gedanken nachsinnen.

Doch im Fürstentum war es unruhig geworden. Immer mehr Menschen begehrten gegen zu hohe Steuern auf. Ihm war die Aufregung unangenehm und fremd. Er beauftragte Kanzler Georg Ulrich von Beulwitz mit den Verhandlungen. Friedrich-

Anton glaubte, die Sache so regeln zu können. Doch immer öfter wurden am gräflichen Hof bedrohliche Nachrichten oder Petitionen übergeben. Als ihm mitgeteilt wurde, dass sich im Volk die Meinung ausgebreitet hätte, der hohe Herr besitze keinen Verstand und liebe ein schönes Pferd mehr als seine Untertanen, griff er in die Geschehnisse um den sogenannten Landstreit ein.

In einer stillen Septemberstunde erinnerte sich der Fürst an das Tagebuch von Wilhelm von Schellenberg. Er holte es aus dem Versteck, hielt das abgegriffene braune Buch ehrfürchtig in seinen Händen und begann darin zu blättern. Er las bis weit nach Mitternacht, erinnerte sich an manche Ereignisse, war überrascht von den Gedanken seines Lehrers und legte es erst aus den Händen, als die letzten Notizen gelesen waren:

„Der hohe Herr entschied falsch, als er den Kanzler von Beulwitz als Vermittler einsetzte. Aber er selbst trifft kluge Entscheidungen und wird den Streit schlichten. Allerdings wird es Jahre dauern."

Die letzte Eintragung im Tagebuch löste Bluthochdruck und dreitägiges bedrohliches Zittern seiner rechten Hand aus:

„Der junge Herr wird am 8. Februar 1720 Prinzessin Sophie Wilhelmine von Sachsen-Saalfeld heiraten. Die Hochzeit findet in der Kapelle des Saalfelder Schlosses statt."

Friedrich-Anton liebte Sophie Wilhelmine, denn mit ihr konnte er philosophieren, über seine Pläne sprechen. Aber hier im Tagebuch stand ja genau, wann er sie heiraten würde. Das war ihm unheimlich.

Er erinnerte sich an die letzten Worte des sterbenden Lehrers: „Frage nicht ..." Und so fügte sich Friedrich Anton.

Der Fürst nahm sich nun vor, jede Woche einmal in diesem Tagebuch zu lesen. Nicht immer fand er neue Eintragungen vor, manchmal waren es scheinbare Belanglosigkeiten wie:

„Für den fürstlichen Hof werden 220 Stück gläserne Lampen zur Illumination angeschafft." Oder: „Die Rudolstädter Schützenkompanie erhält das Recht, jährlich auf dem Anger ein Vogelschießen abzuhalten. Dieses Ereignis nimmt am 28. August 1722 seinen Anfang und wird einmal, über die Grenzen des Fürstentums hinaus, zum größten Thüringer Spektakel."

Noch vor seiner Hochzeit las er bereits:

„Sophie Wilhelmine wird ihm einen Sohn gebären, den sie Johann Friedrich nennen. Auch er wird einmal als Fürst regieren."

Selbst die weiteren Kinder werden ihm im Tagebuch seines Lehrers angekündigt.

An einem Frühlingstag des Jahres 1727 bekam er beim Studium folgende Botschaft:

„Sophie Wilhelmine wird acht Tage nach dem 26. November desselben Jahres einer Krankheit erliegen."

Friedrich Anton warf das Tagebuch auf den Fußboden und öffnete das Fenster, um seine Wut und Verzweiflung über diese Eintragung hinauszuschreien. Das war ein so eindrucksvoller Moment, dass Hofmaler Johann Christoph Morgenstern

ein Ölbild auf Kupfer mit dem Titel: „Der Schrei"
anfertigte. Dieses Bild musste später vernichtet
werden.

Und doch wurde die Ankündigung wahr. Sophie
Wilhelmine starb am vorhergesagten Termin.

Der Fürst schob das Tagebuch in sein Versteck,
las ein ganzes Jahr nicht darin, schrieb in der
Zwischenzeit viele Gedichte.

Nach Ablauf des Trauerjahres fand er keine Ruhe,
dachte ständig an das Tagebuch, holte es doch
wieder aus seinem Versteck. Gleich blätterte er
zur letzten Seite, um die aktuellste Eintragung zu
lesen:

„Der hohe Herr wird am 6. Januar 1729 Christine
Sophie von Ostfriesland heiraten." Er überlegte:
Zu dieser Frau bestand Kontakt. Sie weilte öfters
am Hof, war vier Jahre älter. Aber an Heiraten hatte er bisher nicht gedacht.

Von nun an las er wieder wöchentlich im Tagebuch, erfuhr, wer als Nächstes geboren wurde
oder sterben sollte. Er bekam Ratschläge für den
weiteren Verlauf des Landstreites für Möglichkeiten einer gewaltlosen Schlichtung. Das Tagebuch kündigte desweiteren finanzielle Sorgen
um seinen Bruder Prinz Wilhelm Ludwig an, aber
auch eine fruchtbare Weinernte, den Bau des Ge-
wächshauses in Cumbach, dann, dass die Dienst-
magd Anna Kunigunde König am 1. Dezember
1730 geköpft werde, der Landstreit am 27. September 1731 sein Ende fände, die Außenfassade
des Schlosses endlich einmal erneut werden soll,
dass die längst fällige Erbhuldigung am 18. Juni
1732 stattfinde. Das Tagebuch empfahl viel Be-

wachung, da noch einige unruhige Geister unterwegs seien.

Es empfahl ebenfalls, endlich eine Tafelmusik bei dem geschätzten Komponisten Georg Philipp Telemann zu bestellen, was alsbald geschah. Das Tagebuch kündigte ihm einen neuen Krieg, den sogenannten polnischen Thronfolgekrieg, an.

Frankreich wollte mit Unterstützung von Spanien und Sardinien gegen den Kaiser kämpfen. Das bedeutete für das Fürstentum neue Truppendurchmärsche.

Am Abend eines Frühlingstages des Jahres 1735 las der Fürst Folgendes:

„Die fürstliche Familie muss um Mitternacht das Residenzschloss verlassen, da der Nord- und Westflügel der Heidecksburg brennen. Es wird ein großer Schaden entstehen, aber das Schloss wird als Prachtbau neu gebaut werden und zur Ehre des Fürstenhauses gereichen. Ursache des Großbrandes ist das Experimentieren des jungen Malergesellen und Miniaturmalers Heinrich Bunsen mit Feuerwerkskörpern, die er beim Vogelschießen im August einsetzen will."

Wieder blieb der Fürst fassungslos, konnte nächtelang nicht schlafen, begann vor Kummer eine Phase der ungesunden Ernährung mit Neigung zur Völlerei. Letzteres geschah in ausschweifenden Gelagen, um danach tagelang in seinen Zimmern zu verschwinden, diverse Regierungsangelegenheiten vernachlässigend. Alle engeren Vertrauten, auch die Ärzte, machten sich Sorgen, warum Friedrich Anton so verändert schien. Warum er niemanden, auch die Fürstin Christine

Sophie nicht, in diese unheilvollen Ankündigungen einweihte, bleibt ein Rätsel. Vielleicht hätte er doch die Chance gehabt, das Tagebuch wenigstens einmal widerlegen zu können.

So passierte es schließlich wie vorausgesagt: Fürst Friedrich Anton, Christine Sophie und alle Bewohner der Heidecksburg mussten in ihren Nachtgewändern auf den Hof, um in Sicherheit gebracht zu werden. Unter seinem Nachthemd hielt Friedrich Anton das Tagebuch fest, um es so zu retten.

Die fürstliche Familie kam im Schloss Stadtilm unter. Von dort wurde der Neubau der Heidecksburg geplant und überwacht. Immer wieder, inzwischen mehrmals die Woche, studierte der Fürst sein Tagebuch, dessen Ankündigungen oder Empfehlungen. Irgendwann wurde ihm aufgegeben, sich vom Dresdner Oberlandbaumeister Knöffel wieder zu trennen, da dieser mehr mit Bauprojekten in der sächsischen Residenzstadt beschäftigt war. Empfohlen wurde der Weimarer Baumeister Gottfried Heinrich Krohne, der dann auch tatsächlich beauftragt wurde. Eine gute Entscheidung, denn mit dem Schlossturm und dem neuen Westflügel sollte die Heidecksburg zur Ehre des Fürstenhauses ein bedeutendes Bauwerk werden. Das Tagebuch informierte über bevorstehende Bauereignisse, empfahl Künstler, kündigte die erste Rudolstädter Münzprägung mit Fürstentitel an, einen bevorstehenden Diebstahl, den Auftritt des begabten Sängers Schuch in der Kirche und später, bei Tafel, den Tod der Prinzessin Dorothea Sophie, einer Schwester des

Fürsten. Es informierte darüber, wer als Nächstes Spießruten durch die Gassen der Stadt laufen müsse, dass der Fürst den Orden der Wachsamkeit verliehen bekomme, wann wieder Pferde gekauft würden und welche aktuellen Hinrichtungen geplant sind.

Ein Ereignis belastete den Fürsten sehr: Am 19. Juni 1742 musizierten beim Abendessen sechs Studenten aus Prag im Schlossgarten. An diesem Abend kehrten die Erinnerungen an die Ermordung seines Lehrers Wilhelm von Schellenberg zurück. Der Fürst unterbrach das Konzert mit einem lauten unerwarteten Schrei, verließ anschließend die Tafel. Ob Hofmaler Morgenstern von dieser Szene ein Bild gefertigt hat, ist nicht überliefert. Die Fürstin beruhigte die erschrockenen Musiker, erklärte, es dürfe weiter musiziert werden.

Auch seinen eigenen Tod kündigte das Tagebuch an:

„Der hohe Herr wird am 1. September 1744, am Abend zwischen der achten und neunten Stunde in die Ewigkeit übergehen."

So geschah es dann.

Wem Friedrich Anton einige Tage vor seinem Tod das Tagebuch zur Aufbewahrung übergab, ist nicht überliefert. Es fanden sich bis zum heutigen Tag aber immer wieder vertrauenswürdige, schweigsame Persönlichkeiten. Die Kette der Verantwortlichen reißt nicht ab.

Im Laufe der Geschichte gab es einen Archivar, der ehrgeizig genug war, diesem streng geheim gehüteten Phänomen auf die Schliche zu kommen. Den Namen darf ich noch nicht veröffentlichen. Aber auch er, von Krankheit gezeichnet, wollte, dass seine Recherche-Arbeit nicht umsonst war. Er erlaubte mir einen Blick in das Tagebuch des Wilhelm von Schellenberg.

Bis zuletzt hatte ich Zweifel an dem Bericht, doch jetzt sehe ich Vieles mit anderen Augen. Wie kann so etwas möglich sein? Aber muss diese Frage beantwortet werden?

Aus verschiedenen Gründen wird das Wunder um das Tagebuch noch nicht veröffentlicht. Vielleicht kommt der Tag, wo interessierte Rudolstädter Bürger im Voraus erfahren, was in ihrer Stadt passieren wird. Wenn man es überhaupt möchte. Alles hat eben seine Zeit...

(Einige Eintragungen im Tagebuch dieser Erzählung stammen aus den Originaltagebüchern des Fürsten Friedrich-Anton, veröffentlicht in dem Buch „Leben in der Residenz".)

Geschichten aus dem Einweckglas

(Un)wahres, Lustiges & Skurriles aus der Heimat
von Andreas Hoffmann

Erschienen im Verlag tredition
Erhältlich beim Verlag, aber auch über den
Buchhandel
ISBN 978-3-7345-1548-4

Jenes alte Haus, in welchem ich meine Kindheit verbrachte, soll abgerissen werden. Das Schild „Betreten verboten" wird ignoriert. Noch einmal möchte ich mich in den bekannten Räumen, zwischen Dachboden und Keller, aufhalten. Vielleicht ist irgendwo eine Erinnerung liegengeblieben? Im Keller gibt es die Überraschung! In einem Regal, es muss unserer Familie gehört haben, stehen etliche ungeöffnete Einweckgläser, gefüllt mit verschiedensten Früchten. Spontan entscheide ich, sie alle mitzunehmen. Eine gute Entscheidung, denn aus jedem Glas steigt mir, nachdem es geöffnet ist, eine Geschichte in den Kopf. Es sind skurrile, lustige, auch ernste, natürlich wahre Ereignisse aus längst vergangenen Zeiten manchmal aus der Gegenwart. Eines haben die Erzählungen gemeinsam. Sie spielen alle in der näheren Heimat um Rudolstadt. Mit diesen Einweckgläsern besitze ich einen Schatz, den Beweis, dass unser Alltag voll ist mit geheimnisvollen, spannenden Episoden – früher und heute.